dtv

Reihe Hanser

Für meinen lieben Onkel!
zu Weihnachten 2001!
Ich wünsche dir damit
viel Spaß!
Deine Nichte ★
Miriam

Vier Jahre lang war es für eine Schulklasse in Bremen selbstverständlich, mit ihren behinderten Mitschülern gemeinsam unterrichtet zu werden. Da Schüler, Eltern und Lehrer mit diesem Projekt mehr als zufrieden waren, wünschten sie sich eine Fortsetzung. Doch für den nötigen Ausbau des Schulgebäudes fehlte das Geld. Der Bremer Senat befürwortete das Projekt – doch plötzlich wurden alle Versprechen wieder rückgängig gemacht. Das ließen sich die Schüler nicht gefallen! Mit einem starken Tier an ihrer Seite, dem ›Nashorn‹, ihrer Klassenzeitung, kämpften sie gegen das Bildungssystem und mit ihnen 280 bedeutende Stimmen der deutschen Öffentlichkeit, die gedichtet, gezeichnet und mitgekämpft haben.

Werner Vaudlet, geboren 1951, ist gelernter Germanist und arbeitet als Sonderschullehrer in Bremen. Gemeinsam mit seinen Schülern gibt er seit 1984 die Klassenzeitung ›Das Nashorn‹ heraus. Dieses Buch haben die Nashorn-Schüler der Bremer Schule Hermannsburg gemeinsam mit ihren Lehrern zusammengestellt.

Das große Nashornbuch

Herausgegeben
von Werner Vaudlet
und den Nashorn-Schülern

Mit einem Vornashorn von Michael Krüger

und einem Nachnashorn von Roger Willemsen

Deutscher Taschenbuch Verlag

Die Autoren dieses Buches haben zugunsten der Schüler des Bremer Nashorn-Projektes auf ihr Honorar verzichtet.

Originalausgabe
Mai 2001

www.dtv.de
Umschlagbild: © Michael Sowa
Satz und Lithos: Fotosatz Amann, Aichstetten
Gesetzt aus der Palatino (QuarkXPress)
Druck und Bindung: Ebner, Ulm
Gedruckt auf säurefreiem, chlorfrei gebleichtem Papier
Printed in Germany · ISBN 3-423-62054-4

Vornashorn

1

Anders als Hund, Katz, Pferd und Vogel gehört das herrliche Nashorn trotz seines einmaligen Aussehens nicht zu den Tieren, die unter den Dichtern Bewunderung hervorgerufen haben. Bis auf ein heute längst vergessenes Bühnenstück des rumänisch-französischen Schriftstellers Eugène Ionesco, in dem die Nashörner einen allegorischen Auftritt haben, gibt es keine Literatur, die sich des liebenswerten Grasfressers angenommen hat. Bei Thomas Mann? Kein Nashorn. Brecht, Musil? Fehlanzeige! Nicht einmal Rilke, der sich immerhin für den Panther erwärmt hat, fand einen Reim auf das Nashorn, obwohl das keineswegs schwierig ist, wie wir gleich sehen werden. Auch Kafka, der sich unter anderem für Insekten und Mäuse einsetzte, die nicht gerade zum täglich Brot des Dichtens gehören, ist an dem Nashorn konsequent vorbeigegangen. Und wenn die großen Dichter es nicht für nötig gehalten haben, die besonderen Eigenschaften des Nashorns herauszustellen, dann fällt es auch schwer, dieses seltene Tier in der Familie heimisch werden zu lassen. Einem Bären z. B. ist es selbstverständlich erlaubt, zu jeder Tages- und Nachtzeit ein Kinderzimmer zu betreten, klopft dagegen ein Nashorn an, ist das Geschrei groß.

Woher kommt diese Geringschätzung?

Tatsache ist jedenfalls, daß kaum ein anderes Tier so viele Eigentümlichkeiten aufzuweisen hat wie das Nashorn. Erstens ist außer dem Nashornvogel kein Tier bekannt, das ein so exorbitantes Horn an einer so prominenten Stelle trägt. Zweitens dürfte es schwerfallen, unter den Säugern einen zu finden, der einen Zehn-Zentner-Leib auf Dackelfüßen spazieren führt. Drittens ist das ungemein raffinierte Gewand des Nashorns hervorzuheben, eine selbst in der gegenwärtigen Ledermode nie erreichte Kombination von verschieden großen Lappen, die sich elegant an den vollschlanken Körper schmiegen. Viertens sollte zu denken geben, daß das Nashorn – und das erinnert an manche Schüler – tagsüber schläft und nachts seine Runden dreht. Fünftens ist das Nashorn von Natur aus gutmütig und sanft, kann aber, sechstens, wenn man es reizt, ungemein bösartig werden. Wem ein Nashorn in seiner blinden Wut auf den Fuß tritt, der wird seines Lebens nicht mehr froh. Siebtens, und das hätte doch Schriftsteller wie Thomas Mann oder Franz Kafka reizen müssen, rührt das Nashorn das Fleisch seiner Kollegen nicht an, sondern begnügt sich mit Blättern, Zweigen, Wurzeln und Gras. Und schließlich achtens: Da das Nashorn im Unterschied etwa zur Kuh nur über einen kurzen, geradezu lächerlich kurzen Schwanz verfügt, hat es in seiner Begleitung einen treuen Freund, der stets und ständig auf ihm sitzt und ihm das Ungeziefer von der Schwarte pickt: den Madenhacker. Was für ein ungleiches Paar – das dicke, ein wenig aus den Nähten platzende Nashorn auf seinen krummen Dackelbeinen und der elegante, leichtfüßige Vogel, der ihm den Rücken freihält! Dick und Doof sind nichts dagegen. Und diese innige Freundschaft sollte bis jetzt keinen Dichter zu einem Lobgedicht angeregt haben?

Bis jetzt! Denn auf den folgenden Seiten wird nachgeholt, was die Damen und Herren Schriftsteller bis jetzt sträflich versäumt haben. Dieses Buch ist ausschließlich dem Nashorn vorbehalten. Die besten Künstler Deutschlands haben sich einträglich zusammengefunden, um diesem herrlichen Tier endlich die nötige Reverenz zu erweisen. Es ist ohne Zweifel die schönste und vielseitigste Anthologie entstanden, die je einem Tier gewidmet wurde.

2

Nun soll keiner denken, die deutschen Dichter und Dichterinnen wären von sich aus darauf gekommen, diesem Dickhäuter das Loblied zu singen. Sie wurden dazu aufgefordert. Und von wem? Wer hat es geschafft, daß Elfriede Jelinek ihren Roman unterbrach, um ihre ganze Konzentration auf das Horn vom Nashorn zu lenken? Ich muß die Geschichte, wie das Nashorn poesietauglich wurde, kurz erzählen, denn es ist eine spannende Geschichte, die uns alle angeht.

In Bremen wurde 1968 eine Sonderschule für geistig Behinderte gegründet, die zwanzig Jahre später mit der Grundschule Grolland zusammengelegt wurde. Der Lehrer Werner Vaudlet und eine Kollegin hielten einen von offizieller Seite geduldeten gemeinsamen Unterricht von behinderten und nichtbehinderten Schülern ab, offenbar mit Erfolg. Denn 1991, also vor zehn Jahren, durfte Werner Vaudlet eine neue 1. Klasse Sonderschüler mit einer von Meike Waespy betreuten »normalen« 1. Klasse zusammen unterrichten: vier behinderte und achtzehn nichtbehinderte Schüler sitzen nebeneinander auf der Schulbank.

Man will bis zum Schulabschluß gemeinsam lernen. Man will voneinander lernen. Aber dafür braucht es geeignete Räume. Deshalb fordern Lehrer und Schüler 1994 den Ausbau des Schulzentrums im nahegelegenen Huchting, damit nicht nur die nichtbehinderten Kinder ab der 5. Klasse dorthin umziehen dürfen, während die behinderten Mitschüler in der Grolländer Sonderschule bleiben sollen. Da der Bildungssenator nicht helfen will, weil er, wie er sagt, aus Geldmangel nicht helfen kann, greifen die Schüler und Lehrer und Eltern zur Selbsthilfe. Sie schreiben an die deutschen Schriftsteller und Schriftstellerinnen, Maler und Komponisten und bitten um deren Solidaritätsbeiträge, die sie in ihrer Klassenzeitung »Das Nashorn« veröffentlichen wollen, die schon seit 1984 besteht und sich immer wieder um die poetische Aufwertung des schweren Tiers gekümmert hat. Die Reaktion ist überwältigend. Keiner versteht, warum in einer Gesellschaft, die Milliarden für die aberwitzigsten Schulexperimente ausgegeben hat, nicht das Geld für ein gelungenes funktionierendes Modell aufzubringen ist. Erst nachdem die gesamte Klasse in Streik getreten ist und auf dem Schulhof ein Zeltlager aufgebaut hat, verspricht der Senator, sich zu kümmern. Und weil er sich nur kümmert, aber nichts tut, schreiben die Schüler im November 1994 nur noch Fünfen und Sechsen, weil sie auf diese Weise weiterhin mit ihren behinderten Schulfreunden an der Sonderschule bleiben müssen. Im Januar 1995 gibt der Senator endlich das Versprechen, den Anbau in Huchting zu veranlassen, um im Dezember 1995 sein Wort zu brechen: nur bis zur 7. Klasse, heißt es jetzt, dürfen die Schüler zusammenbleiben, dann sollen sie getrennte Wege gehen. Aber die Kinder haben inzwischen ihre Lektion in Solidarität gelernt. Im Februar 1996, inzwischen ist die Kollegin Edeltraud Thewes dazugekommen, besetzen sie symbolisch den angebauten Schulneubau und rufen die »Schule der Nashörner« aus, bitten Prominente, sich als zusätzliche Lehrer zur Verfügung zu stellen, und machen im Frühjahr 1998 sogar Wahlkampf für die Bremer Kinderpartei »Die Nashörner«: Künstler sollen sich in die Bremer Bürgerschaft wählen lassen, um im Senat die Sache der Schüler zu vertreten.

Der Hals des Nashorns ist kurz, der Leib kräftig. Das Tier ist, wie wir oben festgestellt haben, von Natur aus harmlos, aber ungemein bösartig, wenn man es reizt. Es stürzt sich in blinder Wut auf jeden Feind. Die Kinder, die sich unter dem Emblem des Nashorns versammelt haben, sind alles andere als bösartig, aber auch sie können für ihre Rechte kämpfen. Im Mai 1998 haben sie gesiegt: Nun gibt es die verbindliche Zusage, daß sie gemeinsam ihre Schulzeit beenden können, in diesem Jahr 2001, in dem unsere Anthologie erscheint.

3

Ich bin nicht dabeigewesen. Ich habe diesen Kampf David gegen Goliath auch nur aus der Ferne mitverfolgt. Immer wenn Post vom »Nashorn« kam, die schön gemachte Zeitschrift mit all den wunderlichen Beiträgen und die Briefe, die auf die schwieriger werdende Situation der Schüler verwies, hat mir das Herz im Halse geklopft: Werden sie es schaffen, etwas durchzusetzen, was aus irgendwelchen formalen Gründen nicht sein sollte? Und immer stellte sich die Frage: Hättest du selbst auch so gehandelt und hätten deine Eltern dich so handeln lassen? Die Nashorn-Schüler und ihre Lehrer haben ein Beispiel von Brüderlichkeit praktiziert, das nicht nur in der Schule Schule machen sollte. Und sie haben die von uns gewählte Obrigkeit gezwungen, diesen Akt der Brüderlichkeit anzuerkennen.

Zum Schulabschluß sollten die Nashorn-Schüler, ihre Eltern und Lehrer – auch wenn sie, wie mir die Nashörner nachdrücklich mitteilen, in der täglichen Zusammenarbeit nicht immer brüderlich und preiswürdig miteinander umgegangen sind – mit einem der großen Preise für mutiges staatsbürgerliches Verhalten ausgezeichnet werden, mit dem Theodor-Heuß-Preis oder dem Geschwister-Scholl-Preis. Und der Bremer Senat sollte, um Einsicht zu zeigen, den längst fälligen Nashorn-Preis stiften: 100000 DM, der jedes Jahr von einer unabhängigen Schüler-Jury an ein sinnvolles Schulexperiment zu vergeben wäre, das die Bürokratie nicht verhindern konnte.

Als Nashorn-Schüler die Nashorn-Partei gründeten, dachte ich manchmal, was geschehen würde, wenn tatsächlich in allen Parlamenten dieser Welt ein paar Kinder säßen, die über die Zukunft mitberaten würden. Ich sah die Gesichter von Herrn Scherf und Herrn Stoiber vor mir bei der Anhörung des Grundsatzreferats eines Zwölfjährigen zum Tag des Grundgesetzes, Artikel 3, Absatz 3: Niemand darf wegen seiner Behinderung benachteiligt werden. Und am Abend werden dann, wie es Hans Magnus Enzensberger einmal vorgeschlagen hat, die tödlich langweiligen Nachrichten zweimal in der Woche nicht von Herrn Wickert vorgelesen, sondern von Sabine, die einiges Wissenswerte über fehlende Kindergärten mitzuteilen hat, und von Max, der von der Erfindermesse berichtet.

Aber um das zu erreichen, braucht es noch viele Nashörner!

Michael Krüger

1. Kapitel
Die Vierzeiler

Irgendwann im letzten Winter kamen die Schülerinnen und Schüler der Oberstufe 3b an der Grund- und Sonderschule Grolland in 2800 Bremen 66 auf die gute Idee, deutschen Dichterinnen und Dichtern Gedichte abzuverlangen: »Schreiben Sie uns einen Vierzeiler über das Nashorn?« lautete die schriftliche Anfrage. »So richtig geglaubt haben wir nicht, daß uns jemand antworten würde«, geben die Auftraggeber nachträglich zu.

Sie kannten die deutschen Dichter schlecht – sie sollten sie kennenlernen.

»Woran schreibst'n gerade?« – »Ach, so Vierzeiler... über das Nashorn.« – »Du auch?« – »Tja, verdammt schwierige Sache, oder?« – »Naja, ich komm' eigentlich ganz flott voran...«

So oder ähnlich dürften sich literarische Fachsimpeleien unter Kollegen im Frühjahr 1990 angehört haben. Es wurde jedenfalls allerhand weggedichtet.

Und »dann kamen tatsächlich die ersten Vierzeiler« in Bremen an. »Und jede Woche wurden es mehr.« Bis zum Sommer hatten insgesamt 58 Autoren, von Astel bis Zwerenz, von Wolf bis Wondratschek, von Biermann bis Wohmann und Golo Mann, mit ihren Nashorn-Versen brav zwei DIN-A4-Hefte gefüllt, die ich aus Bremen zugeschickt bekam.

Als ich sie durchgelesen hatte, erkannte ich die einmalige Vergleichsmöglichkeit, und der alte Schulmeister in mir erwachte jäh ...

HANS MENTZ: TITANIC, NOVEMBER 1990

Fast alles, was in der Literatur Rang und Namen hat, schrieb den Grollandern einen Vierzeiler, oft auch noch mit einer lustigen Zeichnung versehen oder mit ein paar netten Zeilen an die Schüler.

WESER KURIER, BREMEN, 16.10.1990

Lieber Uli Becker!
Schreiben Sie uns einen Vierzeiler über das Nashorn?
Wir lernen ihn dann auswendig und Sie bekommen unser „Nashorn" dafür.
Abgemacht?

Viele Grüße
Oberstufe u. Klasse 4 b

Aber klar doch! Meine Urlaubskoffer sind noch nicht ausgepackt, da kriegt Ihr schon Eure Verse (… die langweiligen Sachen kann ich dann hinterher ja immer noch machen, wenn's sein muß). Also los:

Ein Tier denkt mit
Trifft man so'n Tier im Nebel an,
ist unklar, wo man's füttern kann.
Drum tutet Naso in sein Horn,
weil, klar: wo's tuten tut, ist vorn.

So, jetzt könnt Ihr also bei jedem Wetter probieren, wieviel Popcorn in so ein Nashorn reinpaßt. Viel Spaß und beste Grüße

Uli Becker

Uli Becker

Liebe Leute,

Euer Nashorn mit den großen Schwingen hat mir gut gefallen, ich fand die ganze Geschichte mit der Zeitmaschine usw. richtig schön. Dann wollte ich Euch natürlich auch einen ordentlichen Vierzeiler schreiben, aber das fand ich gar nicht leicht. Jetzt schicke ich Euch eben, was mir einfiel und hoffe, daß einer drunter ist, den Ihr mögt.

Unter den riesigen Affenbrotbäumen
liegen drei Nashornkinder und träumen,
sie könnten auch mal Flügel kriegen
und zu Euch nach Bremen fliegen.

Ein Nashorn hat's fein,
ist groß und nicht klein.
Nur die frechen kleinen Affen
machen ihm oft sehr zu schaffen.

Ein Nashorn merkte plötzlich:
mir wächst ~~xm~~ ein Buch im Bauch!
Das fand es höchst ergötzlich,
doch kitzelte es auch!

Ich war eben auf Lesereise in Bozen, und ein Kollege, der mich da sitzen und heftig denken sah, schrieb auch einen Vierzeiler für Euch, den lege ich bei, außerdem viele herzliche Grüße und ein paar bunte vergnügte Wünsche.

Eure
Renate Welsh

Renate Welsh

vom Erns'tl

für Renate

Das NASHORN

Das Nashorn
hat die Nas' vorn.
Hat eins die Nas vielleicht auch hinten?
Kann keines finden …

Ernst A. Ekker

Liebe Klasse 3b,
liebe Oberstufe

Eure Moorgeister haben mir so gut gefallen, daß ich mich gleich an meinen Vierzeiler machen mußte. Weiter so und viele Grüße

F. K. Waechter

(das heißt Friedrich oder Fritz) (das Karl)

Unsinn: Ihr wißt es ja längst.

Das Nashorn wühlt im Teufelsmoor.
Da kommt ein Schwarzes Teufel vor.
Und hat das Nashorn naß genießt.
Dafür hat es ihn aufgespießt.
F. K. Waechter

F. K. Waechter

Ein Nashorn, gestern erst gebor'n,
verlor heut früh sein schönes Horn.
Jetzt steckt's die leere Nase
verschämt in eine Vase.

Gudrun Pausewang

Das Nashorn trampelt durch das Gras,
es trägt ein Horn auf seiner Nas
und denkt dabei so ganz für sich:
Kein andrer ist so schön wie ich.

Irina Korschunow

Übers Nashorn weiß ich wenig,
doch mir scheint, es ist ein König.
Es regiert mit seinem Horn,
und zwar so: es schubst nach vorn.

Uwe Kolbe

Warnung vor dem Nashorn

Wenn solch ein Tier dich haben will,
dann lauf nicht weg, halt lieber still.
Es schleppt zwar mächtig viel Gewicht,
aber du entgehst ihm nicht.

Jurek Becker

Ein Nashorn stand auf einem Stein,
es fühlte sich so sehr allein.
Da kam zu ihm der kleine Vampir
und sagte: »Ich bin auch noch hier!«

Angela Sommer-Bodenburg

Vierteilige Nashornvorlage

Hilke Raddatz

Das Nashorn hat am Kopfe vorn,
leider nur ein einziges Horn.
Doch komisch ist das dumme Vieh,
auf seinem Horne bläst es nie.
Nicht, weil es nicht blasen kann,
nein, es kommt nur mit dem Maul nicht dran.

Max von der Grün

Ein wildes Tier nahm mich aufs Korn,
und zwar von vorn, mit spitzem Horn!
»Wie heiß ich?« brüllte es und lachte.
Ich schrie rasch »Nashorn!« – und erwachte.

Bernt Engelmann

Ein Nashorn
hat sein Horn verloren
im Gras.
Das arme Nas!

Helme Heine

Das Nashorn taucht als Unpaarhufer
gemächlich auf an manchem Ufer
in Asien und Afrika –
und war vielleicht schon immer da.

Tilman Spengler

Liebe Nashornkinder,

Schon einmal, letztes Jahr, hat dieser armer niederländischer Schriftsteller sich den Kopf zerbrochen um ein Gedicht über einen

zu schreiben. Aber niederländische Dichter sind so dumm, die können keine deutsche Gedichte über

schreiben. Es ist noch schlimmer: Sie können überhaupt kein Gedicht über

schreiben selbst nicht über

mit Brille. Und dabei liebt er Alle →

Und jetzt träumt er nur noch von .....

Hilfe!

Cees Nooteboom

Das Nashorn trottet seiner Wege
friedlich auch noch im Gehege
doch wehe du weckst seinen Zorn
Es stampft und schnaubt, paß auf! Sein HORN!!

Christian Enzensberger

Das Nashorn, fälschlich Nasobem
Macht sich das Leben unbequem.
Erfunden wurd's durch Gottes Zorn.
Vergessen wir das Nasenhorn,
Und trinken lieber einen Korn.

Golo Mann

Das Nasenhorn, das Nasenhorn,
das ist von hinten schön und vorn.
Sein Horn ist prächtig anzusehn –
mir würde so ein Horn nicht stehn!
Wir sind halt alle sehr verschieden –
ich bin damit durchaus zufrieden.
Hab ich auch so ein Hörnchen nicht:
ich hab geschrieben dies Gedicht!
Das kann das Nasenhorn nicht machen –
da seht Ihr mal. So sind die Sachen.

Elke Heidenreich

Ein Nashorn traf mal eine Maus
Die fand den Weg nicht mehr nach Haus
Da lud es sie zum Reiten ein
Nun sind sie beide nicht allein.

Heinrich Hannover

Das Nashorn in der Schule lächelt,
weil ihm ein Schüler Luft zufächelt,
dann kriegt es noch ein grünes Brot,
zu Ende ist es mit der Not.

Günter Herburger

Als der Krieg der Nashörner vorbei war
lieferten sie ihre Hörner ab
und hatten nun alle ein Kußmaul.
Von da an waren sie viel beliebter.

Dieter Lattmann

2. Kapitel
… und weiter geht's

Ich komme also jetzt zur Rückgabe der schriftlichen Hausarbeiten.

Die Aufgabenstellung war ja eigentlich klar: Vierzeiler über das Nashorn sollten Sie schreiben. Und obwohl einige selbst das nicht kapiert haben, ist das Ergebnis im Schnitt durchaus befriedigend: Immerhin sechzehn Arbeiten fand ich mit oder ohne Einschränkung gut, einundzwanzigmal konnte ich eine Drei geben, immerhin noch zehnmal eine Vier. Sieben Gedichte waren leider mangelhaft, drei gänzlich ungenügend.

Es fällt allerdings auf, daß sich die Klassenclowns, speziell die von der linken Lümmelbank dahinten, diesmal bedeutend besser aus der Affäre gezogen haben als unsere ernsthafteren Kandidaten: Was sich da einige geleistet haben! Lattmann, Härtling, von der Grün: War Ihnen denn gar nicht klar, daß jemand Ihre Versuche zu lesen bekommen könnte? Und wenn's nur Euer alter Humorlehrer wäre ... Aber fangen wir mit etwas Erfreulicherem an: Eilert, Gernhardt, Knorr, gute Zweier. Solide Einfälle, saubere Reime, regelrechter Rhythmus ... gilt auch für Traxler und Ernsting, die noch was Hübsches dazu gezeichnet haben.

HANS MENTZ: TITANIC, NOVEMBER 1990

Liebe Klasse 3b,

da ist, mit einem
in die Luft geschleuderten
Gänseblümchen

mein Vierzeiler:

Wer wälzt sich denn da im Gras vorn,
daß die Bäume sich biegen,
daß Gänseblümchen fliegen?
Es ist ein vergnügtes Nashorn.

Alles Gute!

Euer Peter Härtling

Peter Härtling

Wenn im Orchester das Nashorn erschallt,
dann klingt das verdammt infernalisch.
Es ist nun mal nicht das Horn namens Wald
und leider auch nicht musikalisch.

Peter Knorr

Es hat das dicke Nashorn
sein Horn nicht nur zum Spaß vorn.
Wär's hinten und nicht ganz vorn,
dann hieß' das Nashorn Schwanzhorn.

Robert Gernhardt

Es ächzt ein Elch in einer Suhle,
in einer Kuhle kutzt ein Bär...
erscheint ein Nashorn in 'ner Schule,
dann lob' ich mir ein Nashorn sehr.

Oswald Wiener

Das Vorbild

Mit eurem NASHORN
seid ihr echt gut dran:
weil es nicht
in der Nase popeln kann.

Heinz Piontek

Das Nashorn ist von vorne eins
Von hinten aber ist es keins
Es trägt am Bauch den Reißverschluß
Damit es nicht viel knöpfen muß.

Herta Müller

Was das Kamel tut, kann ich auch,
durchs Nadelöhr mit einem Stich!
Das Horn ist durch, wann kommt der Bauch,
der Kerl steckt fest und wundert sich.

Christoph Meckel

DIE BREMER
STADTMUSIKANTEN

1. VERSUCH

F. W. Bernstein

Das Nashorn dort am Fluß
will von seinem Weibchen einen Kuß!
Das Küssen fällt ihm schwer –
zwei Hörner stören sehr!

Klaus Kordon

Alleine saß das Nashorn da
in einer gottverlass'nen Bar
Dort hat es jahrelang gesessen
Und konnte Gabi nicht vergessen.

Bernd Pfarr

Das Nashorn hat ein Nasenhorn,
das trägt es auf der Nase vorn.
Falls du mal auf die Nase fällst,
sieh zu, daß du sie vorn behältst!

Max Kruse

Das Nashorn war und ist und wird wohl bleiben
für mich ein gänzlich unbekanntes Wesen.
Nichts hab ich über es gelesen.
Drum kann ich nur bescheiden schreiben:
Das Nashorn war und ist und wird wohl bleiben
für mich ein gänzlich unbekanntes Wesen.
Nichts hab ich über es gelesen.
Drum kann ich nur bescheiden schreiben:
Das Nashorn war und ist und wird wohl bleiben
für mich ein gänzlich unbekanntes Wesen.
Nichts hab ich über es gelesen.
Drum kann ich nur bescheiden schreiben:
(usw.)

Lew Kopelew

Liebe Schüler der Grund- u. Sonder-
schüle Grolland in 2800 Bremen:

Ich mal Eüch jetzt ein Nasenhorn

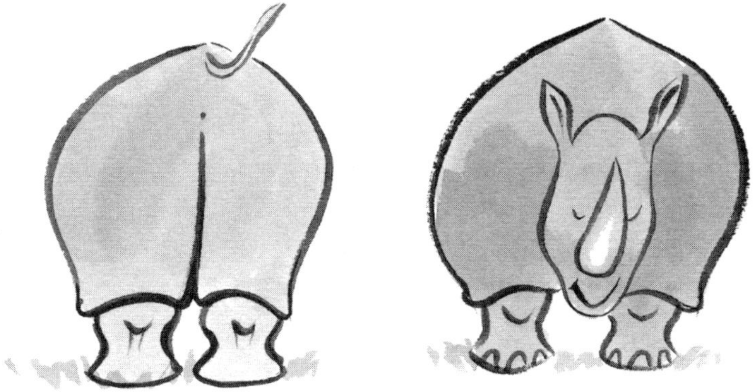

züerst von hinten, dann von vorn

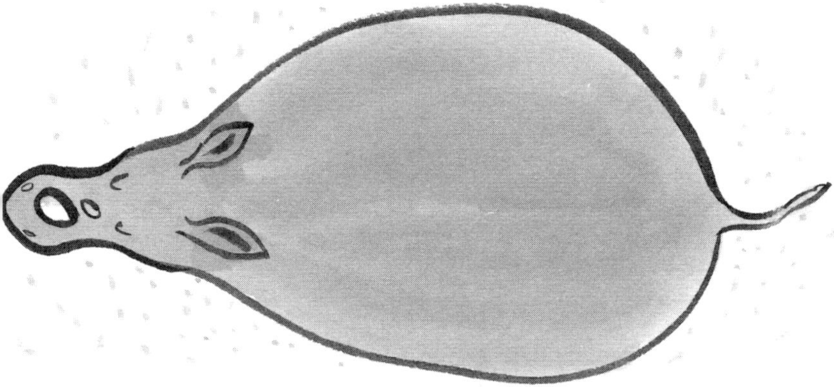

Und jetzt aüch noch von oben.
Dafür müßt Ihr mich loben!

10. 1. 1990

Eüer Hans Traxler

Hans Traxler

Nashornovat

Bin ich betrunken, ist mein Horn rot,
Bin ich betrunken oder (schon) tot?

Hör ich die Hörner der Freunde blasen,
Seh ich die Wärter neben mir grasen?

Flieg ich vom Zoo auf über die Stadt,
Lande ich in Nashornovat?

Sagt mir der Emir, der Rebbe, der Pfaff,
Frei bist du Nashorn und ich bin baff?

Geht die Wirklichkeit hier auf den Strich,
Oder meinen die wirklich mich?

Ich bin nicht betrunken, mein Horn ist nicht rot,
Ich bin kein Nashorn und auch nicht tot.

Ulla Berkéwicz

Das Nashorn ist kein Kuscheltier,
kein Wischi-Waschi-Wuschelbär:
Das Nashorn lebt in Afrika,
in Deutschland ist das Nashorn rar.

Hans Christoph Buch

das nashorn ist nicht naseweis,
es kennt den eignen wert und preis,
es wird geliebt und sehr gelobt
von euch, – wer schimpft und tobt?

Wolfgang Koeppen

Vom Nashorn lernen wir sehr viel,
faul sein, fressen und auch Spiel!
schließlich: auf nach Bremen:
mit Gefühl!

Rafael Seligmann

Liebe Nashorn-Schüler,

es ist wirklich eine Riesenschande, daß ich immer noch nichts geschickt habe.

Das Problem ist der Vierzeiler.

(Horn, Dorn, Korn)

Also, ich reiß mich demnächst zusammen und verspreche hiermit, einen Vierzeiler zu liefern, bevor Ihr endgültig die Schule beendet habt.

Ehrenwort

Sowa

Michael Sowa

3. Kapitel
Die Unterschriftensammlung

Paul Maar

Dieser Tage erhielt ich einen in Kinderschrift verfaßten Brief aus Bremen. Er hatte diesen Wortlaut: »Wir, die Kinder der 3. Klasse, arbeiten mit behinderten Kindern zusammen. Wir wollen auch nach der 4. Klasse noch mit unseren Freunden zusammenbleiben! Wir lassen nicht zu, daß unsere behinderten Mitschüler aus unserer Klasse herausgerissen werden! Dafür sammeln wir Unterschriften.«

ROLF SCHNEIDER: BERLINER MORGENPOST, 28./29.5.1994

Autogrammsammler würden vor Neid erblassen, wenn sie sähen, welche Unterschriften von Komponisten, Schriftstellerinnen und Malern Tag für Tag bei der 3. Klasse der Grundschule Bremen-Grolland eingehen. Bisher sind es fast schon 60 Prominente, die sich per Post aus Berlin, Wien oder Rom an einer Unterschriftenaktion der Kinder beteiligt haben.

FRANKFURTER RUNDSCHAU, 26.3.1994

»Toi, toi, toi, Peter Härtling.« »Ich wünsche Euch viel Erfolg. Christa Wolf«. »Wer Euch auseinanderreißen will, ist von allen pädagogischen Geistern verlassen. Euer F.W. Bernstein.« »Behinderte sind auch Menschen. Max von der Grün.« 60 Prominente und viele andere Menschen haben den Lehrern und Schülern einer kleinen Grundschule in Grolland, einem Stadtteil Bremens, in den vergangenen drei Wochen Mut zugesprochen. Sie unterstützen die Forderung der Schüler und Lehrer, daß die behinderten Kinder auch in den folgenden Schuljahren in einer Klasse mit Nichtbehinderten bleiben können. Die Zahl der Solidaritätsbriefe steigt täglich.

SÜDDEUTSCHE ZEITUNG, 18.3.1994

Seit ihrer Einschulung arbeiten die 18 Grundschüler stundenweise mit fünf geistig Behinderten aus einer im gleichen Gebäude untergebrachten Sonderschule zusammen. Dieses Kooperationsmodell läuft zur Zufriedenheit aller Beteiligten.

STUTTGARTER ZEITUNG, 25.3.1994

»Ich war zuerst skeptisch«, räumt Jürgen Widdermann, Vater der neunjährigen nichtbehinderten Verena, ein. Dann merkte er, wie begeistert seine Tochter immer nach Hause kam. »Wie die mit den Behinderten umgehen, das finde ich ganz toll, gerade jetzt, wo die immer mehr ausgegrenzt werden«, fügt Widdermann hinzu. Von der Schularbeit würden alle Kinder gleichermaßen profitieren: Die normalen Zappelphilippe würden soziales Verhalten lernen, die Behinderten guckten sich allerlei von den anderen Schülern ab.

FRÄNKISCHER TAG, 19.3.1994

Das sollte, so finden alle, auch in Zukunft so bleiben.

MITTELBAYERISCHE ZEITUNG, 18. 3. 1994

»Ganz doof« würde es die neunjährige Verena finden, »wenn wir auf eine andere Schule gehen, und die bleiben hier alleine.« Nadine und Kai-Lena betonen, »wir haben die nämlich ganz gern und viel Spaß zusammen.«

WESER KURIER, BREMEN, 27. 2. 1994

In anderthalb Jahren aber, wenn die Grundschüler zur Orientierungsstufe in den Stadtteil Huchting wechseln, dürfen die Behinderten nicht mit umziehen, sondern müssen in der Grolländer Sonderschule bleiben. »Die sollen dort nicht allein versauern«, meinen die Eltern, Lehrer und Grundschüler und fordern deshalb den Ausbau des Schulzentrums Huchting, damit auch die fünf Behinderten und später nachrückende Jahrgänge dorthin umziehen können.

FRANKFURTER RUNDSCHAU, 26. 3. 1994

Für zusätzliche Räumlichkeiten und eine entsprechende Ausstattung an einer benachbarten Schule ist in der Bildungsbehörde kein Geld vorhanden.

NEUESTE BADISCHE NACHRICHTEN, 18.3.1994

Bei der Suche nach Bündnisgenossen fiel den Grolländern ein, daß sie schon öfters Ungewöhnliches zustande gebracht hatten: In den letzten Jahren konnten sie 160 Künstlerinnen und Künstler dazu bewegen, Beiträge für ihre Schülerzeitung zu liefern, die sich »Das Nashorn« nennt. Die »Nashorn«-Titelseite wurde schon mal von dem Maler Georg Baselitz gestaltet, der Komponist Hans Werner Henze vertonte ein Rhinozeros-Lied und diverse Schriftsteller steuerten Vierzeiler bei.

STUTTGARTER ZEITUNG, 25.3.1994

»Das Nashorn« bepestet seit Jahren deutschsprachige Autoren, sie sollen doch gefälligst ein Nashorn-Gedicht dichten; das würde dann von den Schülern auswendig gelernt. Als ich davon erfuhr, dachte ich noch ganz schnell: »Wie gut, daß ich kein Autor bin, denn zu Nashörnern fällt mir bestimmt nichts ein«, und da war es auch schon geschehen: »Schreiben Sie bitte ein Nashorn-Gedicht, und wir lernen es dann auswendig.«

HARRY ROWOHLT: POOH'S CORNER, DIE ZEIT, HAMBURG, 1992

SPIEGEL: Als Lyriker sind Sie uns bisher noch nicht aufgefallen.

ROWOHLT: Ich als Lyriker nicht aufgefallen? Na, erlauben Sie mal! Mein einziges Gedicht ist sogar von Hans Werner Henze vertont worden. Wenn das nicht auffällig ist.

SPIEGEL: Können Sie es vortragen?

ROWOHLT: Gesungen nicht. Es heißt »Gebet des Nashorns« und geht so: »Lieber Gott, Du bist der Boss. Amen. Dein Rhinozeros.« Und das wird heute aufgeführt als »Gebet des Nashorns von Hans Werner Henze«, eine ungeheure Sauerei! Normalerweise steht dahinter in Klammern Lennon/McCartney – und nicht nur McCartney.

DER SPIEGEL, HAMBURG, 40/1996

Hans Werner Henze

Fast 60 der prominenten Zeitungsmitarbeiter beteiligten sich jetzt auch an der Unterschriftenaktion: Wolf Biermann, Max von der Grün, Peter Härtling, Hermann Kesten, Rolf Schneider, Christa Wolf und, und, und. Einige Autoren fügten gute Wünsche an: »Das Nashorn schafft es«, schrieb Robert Gernhardt und zeichnete ein Rhinozeros im Galopp. »Laßt Euch nicht unterkriegen und bleibt hartnäckig!«, riet Leonie Ossowski. Der Wiener Erich Hackl lobte: »Was seid Ihr nur für tolle Kinder!« Literaturkritiker Walter Höllerer fand: »Nashörnern soll es gutgehen! Nashörner sollen zusammenbleiben!«

ÄRZTEZEITUNG, 18./19.3.1994

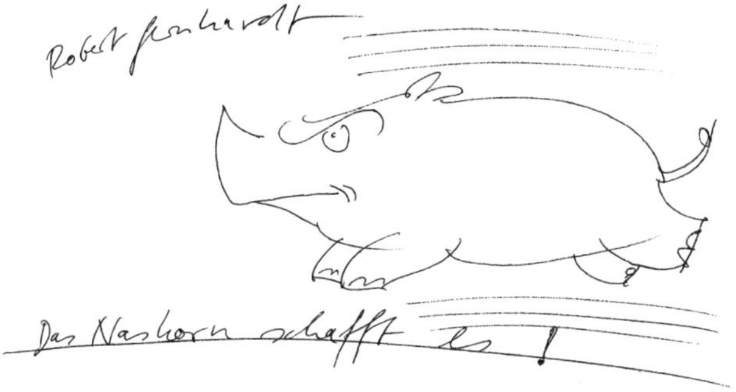

Robert Gernhardt

Die Bremer Bildungsbehörde sucht inzwischen nach einem Ausweg. Aber ob sich rechtzeitig bis zum Schulwechsel Mitte 1995 eine Lösung für die Nashörner finden läßt, konnte eine Behördensprecherin auf Anfrage der ÄRZTE ZEITUNG noch nicht sagen, denn: »Der Knackpunkt sind wie immer die Finanzen.«

ÄRZTE ZEITUNG, 18./19.3.1994

Aus der Bildungsbehörde gibt es keine Reaktionen. Scherf habe frühestens im Oktober Zeit für die Grollander Probleme, so die Auskunft. Das jedoch könnte sich bald ändern: Morgen schon wollen die Schüler, Lehrer und Eltern eine aufsehenerregende Aktion starten. »Damit endlich jemand reagiert!« sagen die Eltern. Es sei ein Unding, daß der Senator die Behinderten auf die lange Bank schiebe.

WESER REPORT, BREMEN, 18.9.1994

das Nashorn blickt so traurig
das Nashorn blickt so schaurig
ich will das Nashorn küssen:
es will von mir nichts wissen.

Friederike Mayröcker

das nashorn

das nashorn stopft sein horn mit käse
der stinken muß, damit es weiß
es hat noch immer was zu fressen
während es stapft durch schnee und eis.

Ernst Jandl

Das Nashorn hat die Nase vorn
So ist es nun mal geborn
Den Hintern trägt es hinten
Drum kann es nicht verschwinten!

Peter Schneider

Schämen
sollten sich die Stadtmusikanten in Bremen,
Denn ihr Quartett
Wäre erst mit einem Nashorn komplett.

Günter de Bruyn

Wenn das Nashorn zu bellen droht,
gebe ich ihm ein Sardellenbrot.

Jürgen Kuczynski

Tücke

Ein Nashorn traf ein Jagdhorn
im Wald um vier Uhr früh.
Was tust du hier? fragte das Nashorn.
Das Jagdhorn blies dreist: Halali!

Christa Wolf

Das Nashorn trägt sein Nasenhorn
nicht hinten, sondern ziemlich vorn.
Trüg es das Horn auf seinem Po,
dann hieß es Sitzhorn oder so.

Loriot

②
①
Betrachtet Ihr die Zeichnung so:
entdeckt Ihr Nashorn-Rodeo.

Karl Mickel

Das Nashorn ging entlang der Straße,
Sah eine Kuh auf der Terrasse.
»Was machst du hier in diesem Haus?«
»– Ich bin zu Gast bei einer Maus«

Andrzej Szczypiorski

Ein Nashorn stand im Zoo voll Zorn
die Gaffer glotzten hint' und vorn
beinah' wär' es verrückt gewor'n
denn schließlich war es frei gebor'n

Hans Werner Richter

Ein Nashorn schwamm die Weser rauf
Mit Handgepäck und Tanten
Da riß die Stadt die Tore auf
Schrieb ein Plakat, und da steht drauf
Willkommen, Asylanten.

Richard Leising

Kein Mensch hat mich je gesehen.
Es gibt mich nur in der Phantasie.
Sie nennen mich Einhorn, ich bin sehr schön.
Das Nashorn lacht und grunzt.
Mich gibt es in der Wirklichkeit.
Mich kann man anfassen. Mein Horn
versetzt das Einhorn in Zorn.
(Ich finde meinen Weg ohne Schwindeleien.
Mich kann man sehen.)

Geno Hartlaub

Froh wär' ich, wenn ich manchmal fast verzage,
weil ich kein schweres Horn auf meiner Nase trage,
Ich denk' mir: gut, ein Nashorn bin ich nicht –
Daher schreibt leider keiner auf mich ein Gedicht.

Joseph von Westphalen

Pickelkönig

Weil das Nilpferd Pickel hat,
puhlt es an der Nase.
„Vorsicht – das entzündet sich“,
warnt Professor Hase.

Schon geht das Geheule los:
Seht doch diese Beule bloß!
„Hab‘ ich es nicht gleich gesagt“,
ruft der Hase ungefragt.
„Mit so dreckigen Pfoten
ist Pickel drücken verboten!“

Plötzlich taucht ein Nashorn auf
Mischt sich sofort ein:
„Der da mit dem großen Horn
Soll unser König sein!“

Kaum gesagt – schon getan
Seht euch dieses Nilpferd an:
Eben noch verhöhnt
Wird es jetzt gekrönt
Alle Nashorns jubeln: „Scheeen!“
Wenn sie seinen Pickel seh‘n.

Nashornmädchen seufzen süß:
„Was für eine Nase!“
Und des Königs Schleppe trägt -
Herr Professor Hase!

Karen Duve

Schnelle Liebe

Ein Nashorn liebte einst 'ne Kuh.
Sie war so schön wie ich und Du.
Doch leider war sie nie zu Haus.
Drum ist die Liebe hier schon aus.

Michael Kumpfmüller

Das Nashorn, das ist stark und gut
und achtet den, der ihm nichts tut.
Wir sollten es deswegen
nicht hetzen, sondern hegen.

Helga Schütz

DAS NASHORN, EI WIE INTERESSANT,
SIEHT FAST SO AUS WIE'N OTTIFANT.
NUR EIN UNTERSCHIED - DU DÜSSEL -
ES HAT 'N HORN UND KEINEN RÜSSEL.

(und wenn ich gegen eins was habe,
sind's Fehler nur dem Reim zu Labe.)

4. Kapitel
Der Streik

Kinder, Eltern und Lehrkräfte fordern schon seit Monaten, das Schulzentrum so auszubauen, daß auch die Behinderten dort unterkommen können und nicht nach vier Jahren gemeinsamen Lernens allein an ihrer Sonderschule in Grolland »versauern« müssen. Bei einer Unterschriftensammlung der Kinder haben sich mehr als 60 prominente Künstler, darunter Wolf Biermann, Günter Grass und Luise Rinser, mit ihnen solidarisiert.

Doch das nützte bisher nichts. Deshalb boykottieren die 22 nichtbehinderten und fünf behinderten Viertkläßler jetzt den Unterricht. Auf dem Gelände des Schulzentrums haben sie Zelte aufgeschlagen, wo sie von Eltern betreut werden. Nur die kalten Nächte werden die Kinder meistens zu Hause verbringen.

FRANKFURTER RUNDSCHAU, 20.9.1994

Liebe Nashorn-Bande!

wenn ich damals kein Gedicht schickte, dann kam Eure Zeitung hier nicht an. Weil ich auf einer Insel wohne. Der Briefträger dreht manchmal durch und wirft die ganze Post weg, wenn es ihm zu heiß ist. Manchmal kommt sie auch erst nach etlichen Monaten an.

Ich schreibe also hier schnell einen Vierzeiler:

Das Nashorn sprach zum Trockenhorn:
"Ich gehe hinten, du gehst vorn."
Da kam ein wilder Mann gegangen
und hat das Trockenhorn gefangen.

Und macht Eure Zeitung immer erstklassig - das ist ein Befehl!!

Zweitausend Grüße
rundum und zu Haus!

Euer Janosch

Durch Bremen fliegt ein Nashorn
mit Flügeln aus Papier
es frisst am liebsten Rittersporn
und ist ein Wundertier.

Leonie Ossowski

Ein Nashorn will ins Kino gehn,
Den Film mit Nora Nashorn sehn.
Doch leider hat es keine Karten,
Da muß es halt im Regen warten!

Wolfgang Stein

Dem Nilpferd ist das Nashorn leid.
Warum? Nun ratet schnell!
Es neidet ihm sein schönes Kleid,
Das Horn und sein Gebell.

Eckhard Henscheid

Ein Nashorn
was born
ganz ohne Nase
Mein Gott! sprach die Mutter
wo soll meinem Kind
nun das Hörnchen wachsen
wie all den anderen Nashornkindern!

Ein heißer Hase
kam grade vorbei
und sagte: Das ist doch einerlei
dann wächst mal das Horn
dem Nashorn nicht vorn
dann wächst es eben am Hintern.

Wolf Biermann

Beschluß der Nashörner

In der englischen Stadt Leicester
gibt es ein Nas-Horn-Orchester.
Warum nicht auch hier?
doch sind wir nur vier.
Na, da gründen wir eben, das wäre nett,
Ein kleines gutes Nas-Horn-Quartett.

Luise Rinser

Das Nashorn ist ein Riesentier,
ein Horn hat's auf der Nase!
Es geht auf diesem Bilde hier
spazier'n im hohen Grase.

Herzliche Grüße aus Wien!

Erwin Moser

Ein Nashorn steht im Zoo
Und fragt sich: Nashorn, wo
Bist du so richtig froh?
Ist dir die Steppe lieber?
Da kommt mit seinem Schieber
Der Wärter, ein Herr Kieber.
Er säubert das Gehege
Bringt Fressen, sorgt für Pflege
Dann geht er seiner Wege.
Das Nashorn freut sich sehr
Jetzt fragt es sich nicht mehr
Wo bin ich froh – trinkt leer
Den Trog und frisst vergnügt
So dass es gar nicht lügt
Wenn ihm der Zoo genügt.

Gabriele Wohmann

Die Wahrheit ist oft kompliziert,
doch jedes Nashorn sieht sie klar.
Es sagt sie uns auch ungeniert:
»Ich seh' ein Horn.« Und das ist wahr.

Sten Nadolny

Zu spät – (eine wahre Geschichte)

Ein Zoodirektor namens Hase
Wollt' nichts von eurem Nashorn wissen –
Da ist die Frau ihm ausgerissen –
Nun wächst ein Horn auf seiner Nase!

Adolf Muschg

Protestsong des Nashorns

Der Elefant heißt Elefant,
Obwohl die Nas' ein Rüssel ist.
Der kann sich in die Nase beißen
Und müßte Rüsselnase heißen.

Allmählich krieg ich einen Zorn:
Man nennt mich nach dem Nasenhorn.
Es liegt doch sichtbar auf der Hand,
Daß hier wer mit zwei Maßen mißt.

Der Elefant ist mein Verwandter:
Ab heute heiß ich Elefanter.

Hans Joachim Schädlich

Danica ist autistisch. »Autisten gucken ab«, sagt ihre Mutter Margret Feldmann, »durch ihre Mitschüler hat sie mit sechs Jahren sprechen gelernt.«

DIE TAGESZEITUNG, BREMEN, 20.9.1994

Und Inge Garbers beschreibt die Entwicklung ihrer Tochter Insa in der Kooperationsklasse so: »Sie ließ sich früher nicht anfassen, hat nie jemanden angesprochen.« Heute sei das anders geworden, in dieser Klasse gehöre sie zu einer großen Gemeinschaft.

WESER KURIER, BREMEN, 20.9.1994

Die Bildungsbehörde versicherte, sie bemühe sich um eine Lösung, könne aber wegen allgemeinen Geldmangels keine großen Hoffnungen machen. Ordnungsmaßnahmen gegen den rechtswidrigen Streik seien bisher nicht geplant.

FRANKFURTER RUNDSCHAU, 20.9.1994

Vierzehn Tage haben die Kinder der 4. Klasse aus der Grundschule Grolland mit einem Zeltlager auf dem Schulhof gestreikt, der Unterricht fiel aus. Jetzt können Kinder und Eltern hoffen, daß sie mit dieser Aktion ihre Ziele auch erreichen. Die Klasse, in der behinderte und nichtbehinderte Kinder gemeinsam unterrichtet werden, sollte nach den bisherigen Plänen der Bildungsbehörde zum Beginn des 5. Schuljahres wegen Platzmangels auseinandergerissen werden. Jetzt besuchte Bildungssenator Henning Scherf (SPD) das Zeltlager und versprach den Anwesenden nach Mitteilung eines Elternsprechers, einen Ausweg für die Klasse zu suchen. Für November wurde ein Gesprächstermin vereinbart.

WESER KURIER, BREMEN

5. Kapitel
Die Fünfen und die Sechsen

»Die ersten Fünfen und Sechsen sind geschrieben. Wir sind stolz auf unsere Kinder!« Diese überraschende Mitteilung schickten die Eltern der vierten Klasse in Bremen-Grolland unlängst an Bremens Bildungssenator Henning Scherf.

SÜDDEUTSCHE ZEITUNG, MÜNCHEN, 12./13.11.1994

Nicht nur die Eltern sind stolz, ganz Bremen feiert die Viertkläßler der Grundschule Grolland. In Grolland ist fünf mal sieben neuerdings achtundvierzig, und »Dikktate« strotzen von »Velern«.

DIE TAGESZEITUNG, 13.12.1994

In der Mathearbeit rechnen sie: 9 x 6 = 42. Oder: Der Lehrer fährt soundsoviel Kilometer pro Woche – wie alt ist seine Oma? Da hagelt es natürlich Sechsen an der Grundschule Grolland im Bremer Süden. Doch den Schülern ist das gerade recht. Und die Eltern sind sogar noch stolz auf ihre Kinder. Erklärtes Ziel: Die Viertkläßler sollen in die Sonderschule!

DIE ZEIT, HAMBURG, 2.12.1994

Wie bereits berichtet, erhalten in Bremen Grolland rund 20 Grundschüler seit ihrer Einschulung stundenweise gemeinsamen Unterricht mit fünf geistig Behinderten aus einer benachbarten Sonderschule. Wenn die Grundschüler 1995 zur Orientierungsstufe wechseln, dürfen die Behinderten nicht mit umziehen, weil dort der Platz für sie fehlt.

STUTTGARTER ZEITUNG, 11.11.1994

»Wenn die Behinderten nicht mitkommen dürfen, müssen wir den Spieß eben umdrehen und selber in die Sonderschule wechseln.« Nach diesem Motto schreiben die Kinder vorerst nur noch »Fünfen« und »Sechsen«.

FRANKFURTER RUNDSCHAU, 17.11.1994

Vor dem flachen Schulgebäude hockt neben- und hintereinander eine buntgemischte Gruppe zirka zehnjähriger Knirpse. Alle Kinder sind fürchterlich aufgeregt. Sie pfeifen und johlen, lachen und freuen sich königlich. Dabei werden Schreibbögen durch die Luft geschwenkt. Und fragt man nach dem Grund ihres Spaßes, so schallt es lauthals aus 27 hellen Kehlen: »Wir haben in unserer letzten Mathe-Arbeit alle eine Fünf oder Sechs geschrieben!«

FRAU MIT HERZ, BADEN-BADEN, 8.6.1995

Michael (9) hält grinsend sein letztes Diktat hoch: »89,5 Fehler. Das ist Rekord.«

BILD, 14.11.1994

Das Nashorn

hat die Nas vorn.
Es heißt Anaïs
und macht hinten piss.

Helmut Heißenbüttel

Herr Nase ist im Staatsorchester
Der Dirigent von seiner Schwester:
Die war für die Musik gebor'n
Und blies mit Kraft ihr Nasenhorn.

Kerstin Hensel

Erleuchtet vom Pulver aus Nashorns Horn
tanzten einst Neger die heiligen Tänze.
Inzwischen liegen wir Weißen vorn
und treten auf ihre Schwänze.

Henky Hentschel

»Vierzeiler über ein Nashorn

Ein Nashorn sah dieses Gedicht.
Ich glaube, es gefiel ihm nicht.
Denn es verschlang in aller Eile
das Schlußwort dieser letzten ...«

Bernt Eilert

Mit ihren Fühlern spürt die Schnecke
den Freund, den Feind, die Zimmerdecke.
Nashörner haben keine Fühler,
doch dafür ham sie Nashorn-Schüler.

Roger Willemsen

Wenn ich ein Horn als Nase hätte,
dann ging ich nachts nicht in mein Bette,
vielleicht bohrt sich das Horn ins Kissen!
Dann wär ich nämlich aufgeschmissen.

Manfred Krug

TROCKEN HINTER'N OHR'N
UND NASS DAS HORN
Brösel
WASSNDATTAN ?
NASHORN IN MANHATTAN !

Brösel

Das Nashorn fürchtet um sein Horn,
Denn manches hat schon seins verlor'n,
Weil schlimme Kerle, welch ein Graus,
'nen Liebeszauber machen draus.

Ernst Jünger

Ein Nashorn wollte einen Ausflug machen
und ging im Morgengrauen raus.

Alleine hatte es nicht viel zu lachen,
da ging es wieder nach Haus.

Campino

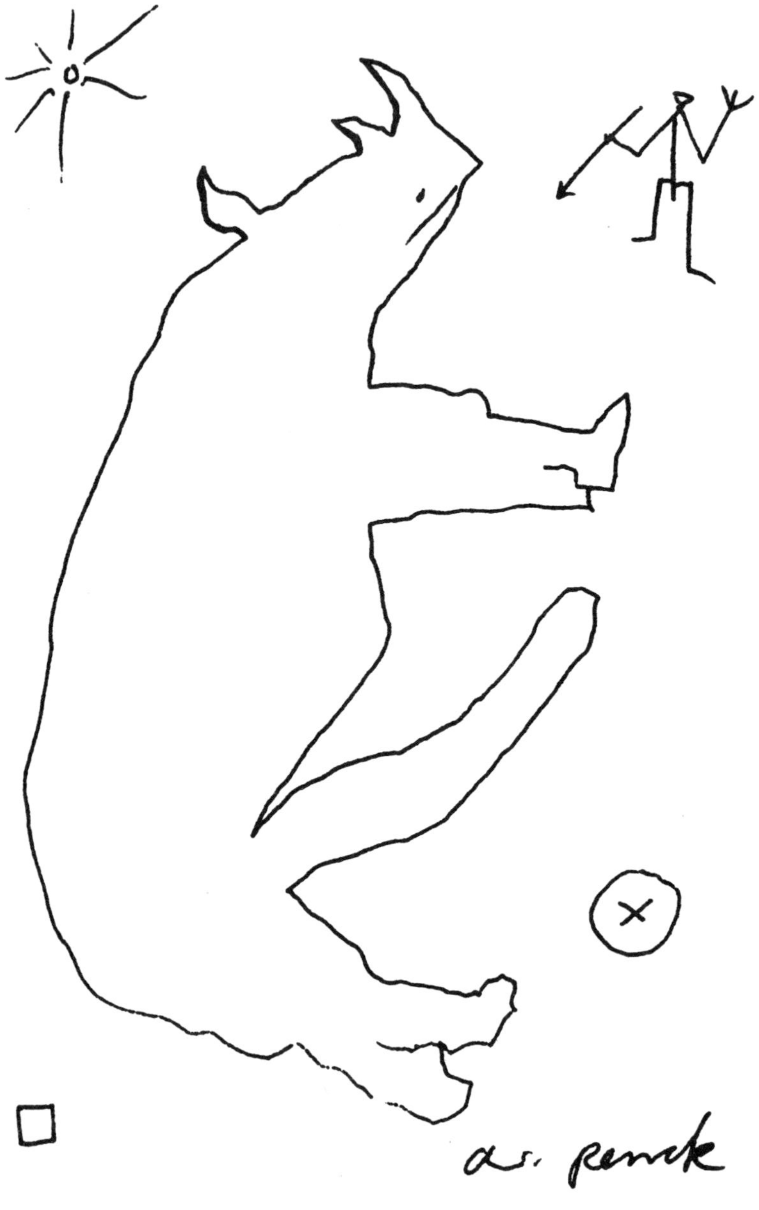
a.r. penck

DAS NASHORN

DAS NASHORN IST ALT,
DOCH NICHT URALT.
AM NORDPOL IST ES KALT,
DOCH NICHT SUPERKALT.

DAS NASHORN IST IM ZOO.
ICH BIN AUCH IM ZOO.
DAS NASHORN STEHT NUR DA SO.
SEIN PENIS IST RIESENGROSS, O!

DAS NASHORN WILL NICHT ZUM NORDPOL.
ES FÜHLT SICH IM WARMEN SCHLAMM WOHL.
ICH WILL AUCH NICHT ZUM NORDPOL,
WEIL ICH NICHT WEISS, WAS ICH DA SOLL.

DAS NASHORN IST EIN MANN.
DAS NASHORN SUCHT EINE FRAU.
ER WEISS NOCH NICHT GENAU
WO ER SIE FINDEN KANN.

SEIN GLIED DAS SCHLEIFT IM DRECK.
WEG SIND DIE LEUTE VOR SCHRECK!

a.r. penck

A. R. Penck

Das Nashorn und die Nashörnin,
die dösen meistens vor sich hin,
doch nimmt man besser sich in acht,
denn weh' dem, der sie wütend macht!

Michael Ende

Vier Zeilen über ein Nashorn

Ein gelbgeblümtes Nasenhorn
wurde im Hamburger Zoo geborn.
Keiner wollt glauben, was er sah,
man färbte es grau, so steht es nun da.

Monika Maron

So ein altes fettes Nashorn
hat sein Horn gar nicht gern vorn.
Es hätt den Zinken lieber am Popo!
Warum? Ich denk mirs halt so.

Christine Nöstlinger

Das Nashorn wirkt zahm
von hinten und vorn
doch scharf ist sein Hirn
und stechend sein Horn.

Aleksandar Tišma

Liebe mich in Ewigkeit,
oh, süsses Horn!
Wenn du mich nicht mehr liebst,
bin ich verlorn.

Johannes Mario Simmel

das nashorn kaut die doppelsohle
& trinkt danach zu seinem Wohle
– denkt bloß nicht, daß ich euch verkohle! –
– noch zwei-drei eimer himbeerbowle

Yaak Karsunke

Das Nashorn hat ein dickes Horn
Und trägt es auf der Nase vorn
Und kommt ihm einer gar zu dumm
Rennt ihn das Nashorn einfach um.

Johannes Merkel

Das Nashorn ist keine Mickymaus
denn es stirbt aus
die Menschen wollen es töten
um auf seinem Horn zu flöten

Margarete Hannsmann

The rhino is a heavy beast
It weighs a couple of tons at least.
Its horn points upward to the sky
where the rhino angels fly.

W.G. Sebald

»Mein 4-Zeiler ist auf Englisch, weil ich ja in England lebe.« Als die Nashorn-Schüler den Vierzeiler erhielten, waren sie in der 4. Klasse und konnten noch kein Englisch. Sie baten drei der besten Übersetzer des Landes um Hilfe.

»Betreff: Nashorn-Gedicht-Übersetzung.
Liebe Nashornfreunde, solche Herausforderungen liebe ich. Also habe ich mich unverzüglich ans Werk gemacht. Das ist das Ergebnis:

> Das Nashorn ist ein schweres Tier,
> Es wiegt drei Tonnen oder vier.
> Sein Horn hebt stets es zu den Himmeln,
> Wo Nashorn-Engel nur so wimmeln.

Zugegeben, es ist ein wenig schwer geworden, das Nashorn, aber was tut man nicht alles für einen schönen Reim.

Dieter H. Stündel, Gießen.«

»Liebe Nashorn-Freunde, zuerst die wörtliche Übersetzung des Gedichts von W.G. Sebald, damit Ihr gleich die einzelnen Wörter verfolgen könnt:

Das Rhino ist ein schweres Tier
Es wiegt ein paar Tonnen mindestens.
Sein Horn zeigt aufwärts zum Himmel
Wo die Rhino-Engel fliegen.

Das kann nun natürlich nicht so bleiben, denn wir wollen ja auch in der Übersetzung ein echtes Gedicht bekommen, und das muß sich reimen und einen genauen Rhythmus haben. Dafür müssen ein paar Wörter geändert werden; die Hauptsache ist, daß der schöne Sinn zum Ausdruck kommt: nämlich daß auch ein Tier, das auf Erden durch ein schweres Gewicht behindert ist, im Himmel einmal mit Leichtigkeit fliegen kann. Hier mein Vorschlag:

Das Rhino ist ein schweres Tier,
's wiegt mehr als hundert Kästen Bier;
doch zeigt sein Horn stets himmelan,
wo auch ein Rhino einst fliegen kann.

Gefällt's Euch so? Ich grüße Euch alle herzlich – Euer *Hans Wollschläger*, Bamberg.«

»Liebe Nashorn-Kinder: Ich weiß nicht, wer W.G. Sebald ist, und ich habe keine Lust, sein Nashorn-Gedicht zu übersetzen. Außerdem macht das Übersetzen von Gedichten viel mehr Arbeit, als wenn man selber dichtet, und weil ich ziemlich faul bin und weil heute Sonntag ist, und da bin ich noch fauler, dichte ich statt dessen was Eigenes; das kann W.G. Sebald, wenn er will, dann ins Englische übersetzen. Aber wahrscheinlich ist er genauso faul wie ich, und wahrscheinlich ist bei ihm gerade Sunday.

Das Nashorn von Milo
Wiegt nicht mal 1000 Kilo,
Denn es hat keine
Arme und Beine.

Schönen Gruß! Und macht nur so weiter. Ihr werdet dann schon sehen. Euer *Harry Rowohlt*, Hamburg.«

Liebe Klasse 4b, liebe Oberstufe,
Als ich gestern eure Post erhielt, lag auf meinem Schreibtisch auch diese Nashornpostkarte aus dem Berliner Naturkundemuseum. Deshalb ist mein Vierzeiler etwas trübselig.

Nashorns trauriges Ende

Bedauerliches ist zu melden:
Nashorn traf Revolverhelden.
Dann wurde es ins Museum gekarrt,
wo es seitdem einen Hirsch anstarrt.

Mit lieben Grüße

Max Goldt

Max Goldt

Verkehrte Welt in Bremen: Während andernorts mittelschwere Familienkrisen ausbrechen, wenn Sohn oder Tochter eine Sechs nach Hause bringen, werden in der Hansestadt mit Absicht schlechte Noten geschrieben. Mögen Pauker und Schulräte die Hände überm Kopf zusammenschlagen: Diese Aktion ist ein Vorbild an Zivilcourage!

Denn die Viertkläßler in Bremen wollen mit dem Zensurenboykott erreichen, daß sie auch in Zukunft gemeinsam mit ihren geistig behinderten Mitschülern Unterricht haben – ein Musterbeispiel für gelebte Integration.

EXPRESS, KÖLN, 13.11.1994

Widerstand bedeutet auch heute: Nicht wegsehen, wenn Unrecht geschieht, Konflikten nicht ausweichen. Der Rechtsgelehrte Arthur Kaufmann, Emeritus der Universität München, hat einmal so schön davon gesprochen, daß dieser »kleine« Widerstand beständig geleistet werden muß, »damit der große Widerstand entbehrlich bleibt« – damit es also nicht wieder ein Jahr 1933 gibt. Objektiv mag es berechtigt sein, den einen Widerstand als groß und den anderen als klein zu bezeichnen. Für den einzelnen, der diesen Widerstand leistet, kann sein kleiner Widerstand aber auch heute ein durchaus großer sein: Für die Bauersfrau zum Beispiel, die sich zum ersten Mal in ihrem Leben an einer Demonstration beteiligt hat, an einer ungenehmigten, in Wackersdorf oder Gorleben. Oder für die Schülerinnen und Schüler in Bremen, die absichtlich schlechte Noten schreiben, um so die Entfernung der behinderten Mitschüler aus ihrer Klasse zu verhindern; der Bildungssenator nämlich wollte aus organisatorischen Gründen gemeinsamen Unterricht beenden. Die Schüler wollten nicht – jetzt schreiben sie lieber Fünfen und Sechsen, um alle gemeinsam in die Sonderschule zu kommen. Auch so also kann Widerstand aussehen.

HERIBERT PRANTL: REDE ZUR VERLEIHUNG DES GESCHWISTER SCHOLL PREISES.
SÜDDEUTSCHE ZEITUNG, MÜNCHEN, 23.11.1994

6. Kapitel
Geschafft!

»Wir haben es geschafft«. In der 4. Klasse der Grundschule Bremen-Grolland besteht großer Jubel.

FRANKFURTER RUNDSCHAU, 19.1.1995

Endlich können die Viertkläßler der Grundschule ihren Zensurenboykott abbrechen, der bundesweit für Aufsehen sorgte.

DIE TAGESZEITUNG, BREMEN, 19.1.1995

Die zehnjährigen Schüler einer Grundschulklasse im Bremer Stadtteil Grolland haben sich durchgesetzt: Sie werden auch in Zukunft gemeinsam mit ihren geistig behinderten Mitschülern unterrichtet. Dies ist der Erfolg monatelanger, ungewöhnlicher Protestaktionen, mit denen es den Kindern gelungen war, sogar bundesweit auf ihr Problem aufmerksam zu machen. Damit steht fest, daß die geistig behinderten Kinder bis zur 10. Klasse mit den Nichtbehinderten gemeinsam im »Schulzentrum« in einem Klassenraum sitzen.

FRANKFURTER ALLGEMEINE ZEITUNG, 20.1.1995

Schüler-Sieg im Zensuren-Krieg. Toll! Die 27 Kinder der Klasse 4a haben ihren Zensuren-Krieg gegen Bildungssenator Henning Scherf (56) gewonnen.

BILD, BREMEN, 23.1.1995

Behinderte und Nichtbehinderte in einer Klasse – das war in einem nachahmenswerten Modellversuch vier Jahre gutgegangen, hatte zu wechselseitigem Verstehen beigetragen, war soziales Lernen im klassischen Sinne. Und das sollte scheitern, weil dem Senat plötzlich das Geld ausging?

Die Politiker hatten die Rechnung ohne Eltern und Schüler gemacht. Deren pfiffiger Widerspruch, nur noch Fünfen und Sechsen zu schreiben, erhielt breite öffentliche Unterstützung. Und auf einmal ging, was vorher unmöglich schien. Angesichts der »großen Identifikation« mit den Kindern hat sich der Senat nun entschlossen, die Kooperationsschule weiter zu finanzieren.

Die Moral dieser Geschichte? Es lohnt sich, einer zu phantasielosen Routine-Entscheidungen neigenden Bürokratie die Stirn zu zeigen. Den Kindern aus Bremen sei gedankt.

HAMBURGER ABENDBLATT, 13.2.1995

Das Nashorn hat 'nen guten Riecher,
den neiden ihm die andren Viecher.
Drum emigrierte es nach Bremen –
und machte Schluß mit den Problemen.

Marion Gräfin Dönhoff

Ein Nashorn stand vor einer Wand,
die Wand war ihm ganz unbekannt.
Das Horn schlägt in die Wand ein Loch,
die Wand liegt flach, das Horn steht noch.

Friedrich Christian Delius

Das Nashorn ist ein großes Tier,
Hat Hörner zwei und Pfoten vier,
Hat Magen, Lunge, Herz und Nier
Und trinkt am liebsten Dosenbier.

Rolf Schneider

Besser als im Herzen Zorn
oder gar im Fuß ein Dorn
ist ein schönes großes Horn
und zwar auf der Nase vorn!

Günter Kunert

Leider, ich kann keine Vierzeiler schreiben,
Ich mag mich auch nicht meiner Unfähigkeit schämen
Und lass Euer Nashorn ein Nashorn bleiben,
Denn mehr als Hörner und Nasen liebe ich Bremen.

Walter Boehlich

Gerhard Richter

Das Nashorn hatte einen Traum
Es badete in Schokoschaum
und als es wachte auf voll Wonn
da war das Horn ganz aus Bon Bon.

Daniel Spoerri

Das Nashorn macht sein Maul auf
ganz weit und ungeniert
auch wenn es hin und wieder
an den Zähnen friert.

Asta Scheib

Das kleine Nashorn
lernt vom Großen
zuerst das Fressen
dann das Stoßen.

Fritz Graßhoff

Das Nashorn,
das saß vorn
in der ersten Reih'.
Der Film war blöd,
die Handlung öd,
da schlief es ein, ja mei.

Das Horn versperrte mir die Sicht,
drum die Moral von dem Gedicht:
Sitz hinter keinem Nashorn nicht.

Wim Wenders

Das Nashorn trägt wie du die Nase vorn.
Doch ist sie hart, weil ganz aus Horn.
Und was es hinten trägt, ist weich und
trotzdem ganz: Das ist des Nashorns Schwanz.

Gerhard Zwerenz

NasHorn   HornNas
HarnHos   NornHas
Hasenhorn und Hosenharn
Nasenharn und Hosenhorn
Kinder haben Nashorn' garn!

Gerhard Wolf

Das Nashorn steht einfach da.
Menschen kommen und gehen
und denken: was wir hier sehen
ist ein Nashorn aus Afrika.
Afrika aber ist weit.
Also bleibt es einfach so stehen
und wartet auf die Vergangenheit.

Wolf Wondratschek

Scherzo für Nashorn

Das Nashorn ist
ein Nashornist,
der sich nie trennt
vom Instrument.

Reiner Kunze

Das Nashorn ist ein dickes Tier
Es ist aber nicht da zum Verzier
Wenn Du's ärgerst, sticht es Dich
Sei lieb zu ihm, es ist kein Wüterich.

Georges-Arthur Goldschmidt

Der Fuchs aus seiner Höhle schaut
gern hätt' er eine dicke Haut,
wie sie das Basler Nashorn hat.

Die Katz ist fort
an einem Ort,
wo sie's vielleicht
noch schöner hat.

Gut dass der Fuchs kein Nashorn ist.
Er würde einfach toben!
Was meint die Katz dort oben?

Paul Parin

Ich bin nicht aller Weisheit Born,
doch wär ich's in Entwicklungsphase,
ich trüge nie ein dickes Horn
so peinlich sichtbar auf der Nase.

Denn wer der Welt gefallen will –
und schliesslich will das jedermann –,
verhalte sich bescheiden still
und so, dass er sich schneuzen kann.

Gregor von Rezzori

»Wir beschweren uns!«
Rief das weiße Nashorn,
Das aus einem Zoo der Vereinigten Staaten von
  Nordamerika
Ausgebrochen war und
Die Enge der Weite des Landes mit sich
Und anderen teilen wollte,
Als der Fangschuß der Ordnung
Es, zwischen seinen Augen, zur Strecke brachte.

Uta und Stefan Schütz

Liebe Junge.-

also hier für euch und Ihre Wunderbare Zeitschrift ein Wettbewerb.- Wer Kann ein Gedicht schreiben in 4 Zeilen über diese Situation.-

Ist dieser Nashorn noch zu retten?-

Tomi Ungerer

7. Kapitel
Der Wortbruch

Die Sparmaßnahmen im Bildungsressort werden der Kooperationsklasse »Nashörner« an der Integrierten Stadtteilschule Hermannsburg wahrscheinlich ein vorzeitiges Ende setzen, wenn Eltern und Lehrer es nicht durch ein gemeinsames Engagement schaffen, dies noch in letzter Minute zu verhindern.

BREMER ANZEIGER, 23.11.1995

Schwerbehinderte Jungen und Mädchen, die zur Zeit noch Schulen Nichtbehinderter besuchen, müssen ab Klasse sieben an die Schule für geistig Behinderte zurückkehren. Dies hat die Bildungsdeputation gestern mit den Stimmen von SPD und CDU beschlossen.

WESER KURIER, BREMEN, 21.12.1995

Die Würfel sind gefallen, die Kooperation behinderter und nichtbehinderter Schüler wird an Bremer Schulen bis zur sechsten Jahrgangsstufe weitergeführt – und nicht wie ursprünglich vorgesehen bis zur 10. Klasse.

WESER REPORT, BREMEN, 26.12.1995

Daß darüber noch nicht das letzte Wort gesprochen wurde, steht für die Nashörner fest. Sie wollen weiter für »ihre Klasse« und die Einhaltung der Zusagen kämpfen.

WESER KURIER, BREMEN, 21.12.1995

Wird es wieder einen Kampf geben?

DAS NEUE WOCHENEND, HAMBURG, 8.8.1996

Hans Werner Kettenbach

Grünes Nashorn fährt ins Städtchen
Grünes Nashorn mit dem Rädchen
Kauft sich einen Rasensprenger
Denn die Tage werden länger.

Sarah Kirsch

Das Nashorn tanzt das Abece
auf einem See bedeckt mit Schnee.
Es tanzt so schön und heiter.
Dann tanzt es nicht mehr weiter.

Ror Wolf

Kein Nashorn auf der ganzen Welt
könnte für ein bißchen Geld
dem Shakespeare seine Dramen
aufschreiben für die Damen.

Peter Kurzeck

In Bremen lebt ein Nashorn
Das bläst auf seinem Blashorn
Bis alle wissen in der Stadt
Daß der Senat gelogen hat.

Christoph Hein

Es war einmal ein König in Lissabon
der hörte von einem Nashorn schon
Er sagte: So bringt mir ein solches her
Doch im Hafen von Lissabon fiel es ins Meer.

Peter Bichsel

Ein Nashorn grast im Sonnenschein –
es läßt sein Junges in den Beutel rein.
Nein, es ist kein Nashorn – Du!
Sein Brieffreund ists, das Känguruh.

Gerhard Roth

Das Nashorn träumt
auf Erden,
daß Mensch und Tiere
Brüder werden.
Von kurzer Dauer
ist der Traum –
ein Jäger lauert
hinterm Baum.

Schumacher
92

Emil Schumacher

Das Nashorn

Das Nashorn spricht:
Ich reim mich nicht.
Ich bin zu groß
für ein Gedicht.

Da pfiff der Paul
ins Nasenloch.
Und siehe da:
Es reimt sich doch.

Peter Maiwald

Das Nashorn

Wir können es nicht halten
im Haus, wie eine Katze;
nur im Zoo, aus der Ferne,
wie's ihm gebührt, bestaunen.

Hans Bender

Wenn das Nashorn niest
Kann der Nieser nicht heraus
Man hört einen dumpfen Knall
Nashörner niesen innerlich.

Alfred Brendel

Man hört das Nashorn schrein.
Es will nicht in sein' Käfig rein.
Es schreit, es sei kein Fernsehn drein
Und keine Fernsehschweinerein.

Erwin Strittmatter

Ein Nashorn nast durch Bremen
und glaubt, des Abends kämen
hier nach dem Ladenschlusse
die braven Musikusse.

Kurt Marti

ES KOMMT EIN
NASHORN ANGERANNT,

BEVOR ICH'S AUF'S
PAPIER GEBANNT!

DAMIT'S MICH NICHT
WER-WEISS-WO STICHT

VERMACHE ICH IHM
DIES GEDICHT.

Volker Ernsting

Das Nasenhorn, das Nasenhorn,
das hat die kleinen Hasen gorn.
Nein! Falsch! Das Nashorn *hätt* sie *gern,*
wenn dort, wos wohnt, nur Hasen wärn.

Urs Widmer

Das Nashorn

Das Nashorn ist ein seltnes Tier,
Bald lebet keins mehr im Revier.
Ich hört ein Rhino klagen,
Dem hatte man die Hörner abgeschlagen.

Wulf Kirsten

Ich bin ein Transsylvan. War auch in Bremen.
Das Nashorn trat mich und mein Leben.
Ich floh aus meinem Land.
Das Nashorn war schon weltbekannt.
Ionesco bracht' es aufs Theater.
Das rot' und braune Untier aber,
Es lebt in anderer Tarnung weiter.
Ein jeder hats in seinem Stück.
Doch wer nicht blöd ist, merkts
zum Glück.

Dieter Schlesak

Das Nashorn fragte John Mc Düffel:
›Weißt Du nicht einen Nashorntrüffel-
Vers zum Sagen, Singen, Weiterdichten?
Ein Trüffelschwein kennt doch Geschichten!‹
Da dachte bei sich John Mc Düffeln:
›Der Unterschied beim Dinge schnüffeln
ist, zwischen Schwein und Nasenhorn:
Hat es die Nase unten oder vorn?‹

John von Düffel

Liebe Nashorn-Redaktion,

ich bitte um Entschuldigung für die späte Antwort, aber ich war auf Reisen. Hier mein Vierzeiler:

„Das Nashorn, äh,
das Nashorn, äh,
das Nashorn, äh,
das Nashorn, äh …"

Tut mir leid – mehr fällt mir beim Thema „Nashorn" nicht ein, aber es reimt sich schonmal.

Es winkt:

Walter Moers

Walter Moers

Das Nashorn

Es ist von Hause aus friedlich,
Wenn man's nicht ärgert und stört –
Da wird es dann ungemütlich.
Und ist zu Recht empört.

Freimut Wössner

8. Kapitel
Die Schule der Nashörner

Nashörner sind wehrhafte Tierchen, und sie reagieren heftig, wenn sie unter Druck gesetzt werden. So ist auch die Bremer »Nashorn-Klasse« gewillt, die gesamte Bremer Landesregierung aufs Horn zu nehmen, sollte diese sich klammheimlich von ihren Versprechungen verabschieden wollen.

ERZIEHUNG UND WISSENSCHAFT, 5/96

Erbost sind die »Nashörner« vor allem über Bürgermeister Scherf, der vor einem Jahr als Bildungssenator versprach, daß dem ersten Bauabschnitt an der Hermannsburg ein zweiter folgen soll, um die Kooperation bis zur Klasse 10 fortzusetzen. Der zweite Bauabschnitt zur Unterbringung nachfolgender Kooperationsklassen soll jetzt jedoch eingespart werden, was dazu führt, daß für Kooperationsklassen nur noch bis zur Klasse 6 Platz ist.

BREMER ANZEIGER, 17.2.1996

Deshalb schickten die Schüler an ihre berühmten Freunde einen in Kinderschrift geschriebenen Brief (»Wir finden es eine Sauerei, daß sich Politiker nicht an ihr Wort halten«).

HAMBURGER ABENDBLATT, 24./25.2.1996

Elfriede Jelinek zögerte nicht lange und formulierte ein Schreiben an Bürgermeister Henning Scherf. »Wenn man niemanden ausgrenzen will, dann muß man doch bei den Kindern anfangen«, begründete sie ihr Engagement für die Bremer Schulkinder.

WESER KURIER, BREMEN, 27.1.1996

Gestern im Bremer Rathaus: Verleihung des Bremer Literaturpreises an Elfriede Jelinek. Draußen vor der Tür, in der Eiseskälte, 20 Schulkinder, von ihren Eltern eigenmächtig vom Unterricht befreit. Sie zeigen ein Plakat, darauf ist ein Nashorn gemalt und »Elfriede Jelinek, wir gratulieren«.

DIE TAGESZEITUNG, BREMEN, 27./28.1.1996

Im Rahmen der Verleihung des Bremer Literaturpreises trafen sich die »Nashörner« bei Kuchen und Kakao mit der österreichischen Schriftstellerin. Doch bei solchen symbolischen Sympathiebekundungen soll es nicht bleiben. Elfriede Jelinek will die Klasse bei einer für Februar geplanten Schulbesetzung tatkräftig unterstützen.

WESER REPORT, BREMEN, 29.1.1996

Dem Nashorn – trotz Masse
und Horn –
nähert man sich besser
von vorn.

Denn schleicht man sich
von hinten an

erschrickt es,
und es trampelt dich
nieder.
Dann.

Hans Jürgen Heise

Das Nashorn hat die Nase vorn
Darauf trägt es ein Nasenkorn
Vor Wut geht es da hoch die Wände
Oh wär das Horn am andern Ende!

Elfriede Jelinek

Das Nashorn schwitzt
An seinem Horn
Ganz vorn
An seiner Nasenspitze
Weil es soll dichten
Ein Gedicht
Mehr nicht

Michael Krüger

Das Nashorn
trinkt ein Glas Korn.
Würde das nicht
ein schönes Gedicht?
Mach' Du eins draus!
Ich kann es nicht!

Reinhard Lettau

Das Nashorn endet vorn mit Horn
und mit dem Hintern hinten
dazwischen kann man – wenn man will –
ein ganzes Nashornleben finden.

Peter Turrini

Rattelschneck

Käm ich nach Bremen,
Hätt ichs fein.
Könnt unter
Meinesgleichen sein.

Versetzt mit meinem Horn
In Schrecken:
Dummschwätzer, Heuchler,
Kriecher, Zecken.

Doch meine Freunde
Liebt ich mächtig.
Nähm sie in Schutz,
Haut auf den Putz ...

Gerlind Reinshagen

Leopold das Nashorn spricht:
Diesem Politiker trau ich nicht.
Und taucht den Bürgermeister
In eine Wanne Scheibenkleister.

Peter Paul Zahl

Herr Nashorn durch den Regen lief,
ihm saß die Brille schrecklich schief.
Was glaubt ihr, was Frau Nashorn machte?
Sie lachte, lachte, lachte.

Matthias Altenburg

Ein Nas ist an die Wand gerannt,
zum platzen voll mit Zorn,
seitdem trägt es 'nen Kopfverband
und voller Stolz ein Horn.

Achim Greser

Achim Greser

die Nashörner, die haben ein dickes Fell
die helfen Mitschülern aus der Patsche
die fürchten sich nicht vor Politikergebell
die lassen sie plumpsen in ihre Grube aus Matsche.

Günter Wallraff

Ein Nashorn ging im Wald
und fand ihn furchtbar kalt;
darauf verließ das Nashorn bald
den furchtbar kalten Wald.

Karlheinz Deschner

Das erste Rhino-Nozeros
War ein Cowboy namens Hoss.

Hoss Cartwright hieß er. Er war okay.
Denn er erfand den Rhino-Spray.

Der Rhino-Spray macht eins, zwei, drei
Dem Nashorn Horn und Nase frei.

Und deshalb wird der Cowboy Hoss
Verehrt als Rhino-Nozeros.

Wiglaf Droste

Das Nashorn durch die Schule flitzt
Es hat die Lehrerin stibitzt
Dann kriegt es leider Atemnot
Die Lehrerin im Arm war …
Ach, du lieber Augustin!

Hartmut Lange

Das Nashorn atmet durch sein Horn,
Das Horn ist seine Nase.
Und wer macht, daß es niesen muß?
Die Industrieabgase.

Peter Hacks

Am Donnerstag stießen die »Nashörner« erneut zu: Sie besetzten symbolisch einen für diesen Tag angebauten Schulneubau und riefen die »Schule der Nashörner« aus, die künftig nicht mehr nur von den »normalen« Lehrern, sondern von Zeit zu Zeit auch von prominenten Künstlern und Schriftstellern unterrichtet wird.

FRANKFURTER RUNDSCHAU, 23.2.1996

Letzten Monat bekamen die einen Fragebogen. »Ja, ich will Lehrer(in) an der Schule der Nashörner werden, für wenigstens einen Tag. Ich unterrichte ... zu den Themen ... Ich bin darüber informiert, daß der Unterricht in besetzten Räumen stattfinden wird. Aber das macht mir nichts. Unterschrift ...«

Die Aktion wurde ein großartiger Erfolg. Hans Kresnik (»Theater und Tanz zu Anarchie und Solidarität«), Mauricio Kagel (»Widerstandslieder«), P.P. Zahl (»Reggae, billige karibische Gerichte«), Will Quadflieg (»Faust I und II«), Günther Wallraff (»Tischtennis, Seiltanzen, Steinmobiles, Reportage«) und viele viele andere wollen mitmachen.

DIE TAGESZEITUNG, BREMEN, 27./28.1.1996

Unterricht muß ja nicht unbedingt Schule bedeuten. So waren die Pennäler vor einigen Tagen im »Hotel zur Post« zu Gast, um die 84jährige Schriftstellerin und Wahlrömerin Luise Rinser zu interviewen. Die alte Dame mahnte: »Werdet nicht so wie Eure Großeltern unter Hitler. Ich hoffe, daß Ihr kleine Rebellen seid.«

WESER KURIER, BREMEN, 23.2.1996

Die Riege der prominenten Teilzeitlehrer für die »Nashornklasse« reißt nicht ab: Am Donnerstag war der Schriftsteller Rolf Schneider zu Gast in der Kooperationsklasse, deren Existenz durch die Sparpläne des Senats gefährdet ist. Schneider nahm sich zwei Stunden Zeit und unterrichtete zu den Themen »Märchen aus Osteuropa« und »Kinder in Ostdeutschland«.

WESER REPORT, BREMEN, 12.5.1996

An einem Mittwoch flog ich nach Bremen.

Die Kinder sitzen im Kreis um mich herum. Die Klasse ist klein, ein Drittel sind Behinderte. Ein Rollstuhlkind scheint völlig teilnahmslos; es muß, wenn es unruhig wird, besänftigt und manchmal gefüttert werden. Die anderen Kinder haben es ganz selbstverständlich in ihrer Mitte. Es ist keine kitschige Sentimentalität dabei. Kinder im Alter von zwölf sind in ihrem Gefühlsleben noch nicht kitschig.

Vielleicht sollte ich noch sagen, daß mich wenige Erlebnisse der letzten Zeit so sehr berührt haben wie dieser Vormittag in der Schule Hermannsburg.

ROLF SCHNEIDER, DIE WOCHE, HAMBURG, 6.6.1996

Haust die Faust auf Nashorns Kinn,
ist des Nashorns Kinn nicht hin.
Haust die Faust auf Nashorns Horn,
kriegt das Nashorn einen Zorn.

Michael Köhlmeier

Das Nashorn tappt ein wenig schwer
Im Waldgeheg dahin, daher.
Doch zeigt es, wenn es dunkel grunzt,
Den Hörern seine ganze Kunst.
Begeistert der Experte schrieb:
»Du schwarzer Wanst, ich hab dich lieb.«

Albrecht Goes

1 Nashorn schickt ein telegramm
hat nicht frisur braucht also keinen kamm
ein nashorn hat ein wasser also brauchts kein land
ich bin ein nashorn und ertrink an eurem rand.

Thomas Brasch

Das NASHORN grast in der SAVANNE,
kennt weder EDELWEISS noch TANNE –
– doch eingehegt in deutsche GITTER
vermißt es seine HEIMAT bitter!

Drum, LIEBES KIND, bedenk es fein
und sperre nie ein NASHORN ein!

Carl Amery

Ein Nashorn flog mal auf den Mond,
doch fand es raus mitunter –
Der Mond, der war ganz unbewohnt.
Da kam es wieder runter.

Sibylle Knauss

Die Dickhäuter

Das Nashorn mit dem Rüssel
pilgerte nach Brüssel
Elefant mit Horn
trank Korn.

Libuše Moníková

Liebe Redaktion
„Das Nashorn", Bremen,
"(Kein Lied, nur 'Rhythmus:)

I am not a French horn, be-
caus' I am a Nas-horn, Be-
ing a Bremer Nas-horn, I
keep my Nas' stets ganz vorn. (Y)
herzlichst, Ihr György Ligeti

György Ligeti

Zoo

Das Nashorn säuft, das Nashorn frißt,
und wenn es dann vielleicht auch pißt,
gröhln alle Spießer laut: Au Backe,
wie eklig, gleich machts auch noch Kacke.

Guntram Vesper

Als es einmal sein Horn vergaß,
stand bloß das Nas im Steppengras.
Die Büffelherde rief bewegt:
»Das Nashorn hat sein Horn verlegt!«
Und unter lautem Fluchen
begann das Nas zu suchen.

Gert Heidenreich

Ob

ich nicht größenwahnsinnig sein
und mich Herkules

nennen sollte als Käfer bin ich
immerhin riesig und

habe Hörner und Spieße auf
meinem Kopf und laßt

ihr den Käfer weg bitte schreib' ich
mich Nashorn das Ihre

Paul Wühr

Das Nashorn

Ein Dichter ließ sich mutig einst verleiten,
das starke Tier vier Zeilen weit zu reiten:
er stieg hinauf, weit kam er aber nicht –
und macht nun leider nie mehr ein Gedicht.

Hans Wollschläger

Ich traue meinen Augen kaum,
steht doch in meiner Küche
ein Nashorn mit 'ner Schürze rum –
ganz seltene Gerüche.

Jürgen Alberts

Ruth Werner

„Das Nashorn ist ein Tier
es kann nicht dafür
daß es eine große Nase besitzt.
ich fürchte die hat sie von mir
stiebitzt."

Ruth Werner

Ruth Werner

Ungewöhnlicher Auftritt für Marco Bode: Auf Einladung der Klasse 5b besuchte der Werder-Spieler die »Schule der Nashörner« in Huchting und stellte sich den Kindern zur Fragestunde.

Schon zehn Minuten vor seinem Eintreffen klingen »Werder«-Gesänge durch das Klassenzimmer, die grün-weißen Fanschals werden ein letztes Mal zurechtgerückt. Als Marco dann den Schülern gegenübersteht, bekommen die Kinder zunächst kaum ein Wort heraus. Erst langsam taut die Atmosphäre auf, und Marco wird zum Profi-Alltag in der Bundesliga befragt. Als aber der Werderaner gesteht, daß er sich für Mathematik interessiert, hört man in der Klasse nur ein lautes Stöhnen. Beliebter ist bei den Schülern da schon die improvisierte Autogrammstunde auf dem Pausenhof. Zum Abschluß liest Marco noch aus »Krabat« von Otfried Preußler vor, anschließend stiftet er das Buch der Klassenbibliothek.

WERDER MAGAZIN, BREMEN, 15.3.1996

Dieser Tage arbeitete F.W. Bernstein mit den Schülern zum Thema »Zeichnen – insbesondere Vierbeiner und Gesichter«. Auf die Einladung »der Schule der Nashörner« hatte der Künstler prompt reagiert. Natürlich möchte ich da mitmachen – wenn noch Platz im Stundenplan ist.«

WESER KURIER, BREMEN, 28.3.1996

Die Kooperationsklasse der »Nashörner« hatte am Donnerstag wieder prominenten Besuch bei sich: Der Bremer Zeichner und Karikaturist Volker Ernsting unterrichtete die behinderten und nichtbehinderten Schüler, die um eine Fortsetzung der Kooperation kämpfen, im Zeichnen. Einen Tag zuvor hatte der Berliner Schriftsteller Christoph Hein in der »Schule der Nashörner« unterrichtet.

WESER REPORT, BREMEN, 26.5.1996

Am Freitag war nun Günter Wallraff pünktlich zum Unterricht.

BREMER ANZEIGER, 28.8.1996

»Das ist ein Stück Demokratie und Solidarität im Kleinen«, erklärte Wallraff in Bremen, bevor er mit den Kindern Tischtennis spielte. Dieses Pflänzchen Hoffnung dürfe auch in Zeiten, wo alles rückgängig gemacht wird, nicht zertreten werden. Vielmehr müsse das Bremer Schulprojekt trotz finanzieller Engpässe fortgesetzt werden, meinte Wallraff.

KREISZEITUNG, VERDEN, 24./25.8.1996

Wallraff empfahl den Schülerinnen und Schülern der Nashornklasse gestern scherzhaft, Scherf zu kidnappen und gegen die versprochenen 1,2 Millionen Mark für vier fehlende Klassenräume einzulösen.

WESER KURIER, BREMEN, 24.8.1996

130 Künstler und andere Prominente sagten zu, für einen Tag als »Nashorn-Lehrer« an die Schule zu kommen und in einem bestimmten Fach zu unterrichten. Rund 30 waren inzwischen wirklich dort. Unter ihnen Christa Wolf, Stefan Heym, Günter Wallraff, Robert Gernhardt und Jan Philipp Reemtsma.

SÜDDEUTSCHE ZEITUNG, MÜNCHEN, 20.6.1997

Wer Rang und Namen hat in der Welt europäischer Dichtung, unterstützt die Kinder.

DIE ZEIT, HAMBURG, 11.7.1997

»Liebe, sehr verehrte Nashörner«, schrieb Johannes Mario Simmel, »ich habe ein ganz ganz schlechtes Gewissen, weil ich immer noch nicht bei Euch gewesen bin. Bitte seid mir deshalb nicht böse. Ich finde, daß der Bürgermeister seinen Wortbruch unbedingt zurücknehmen muß. Daß Ihr so um Eure behinderten Mitschüler kämpft, finde ich wunderbar...«

Ein Jahr Galgenfrist haben die Nashörner noch.

SÜDDEUTSCHE ZEITUNG, 20.6.1997

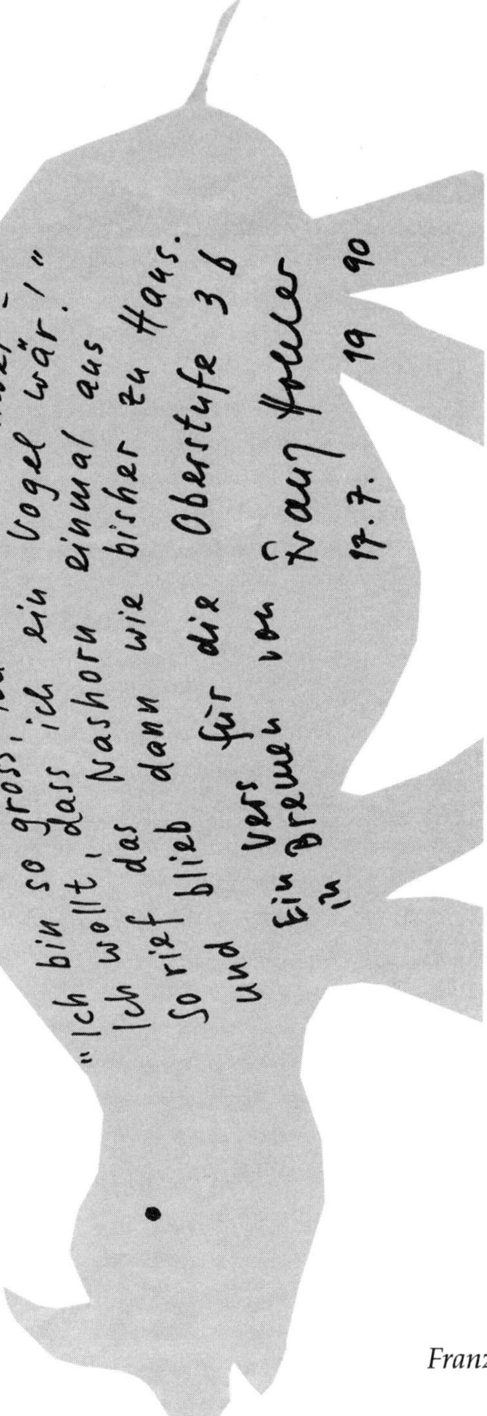

Franz Hohler

Gleichnis

Ein Nashorn wandert durch die Dünen
Und sehnt sich nach den kühlen, grünen
Wäldern voller Papageienschreien
In der Luft, und in den Teichen viele
Gräulich-grüne Krokodile.
Doch der oasenferne gelbe Sand
Ist alles, was das Nashorn sieht.
Und, ganz egal, wohin das Nashorn flieht,
Kein Ende nimmt das wüste Land.
Das Nashorn seufzt. Es söffe gerne
Sich voll den Wanst. Jedoch es weiß, wie ferne
Es ist von Bach und See und Fluß.
Das Nashorn trottet weiter, weil es muß.
Sind wir nicht alle wie ein Nashorn, welches wandert durch die Dünen
Und sehnt sich nach den kühlen, grünen
Wäldern voller Papageienschreien
In der Luft, und in den Teichen viele
Gräulich-grüne Krokodile?
Doch der oasenferne gelbe Sand
Ist alles, was das Nashorn sieht.
Und, ganz egal, wohin das Nashorn flieht,
Kein Ende nimmt das wüste Land.
Das Nashorn seufzt. Es söffe gerne
Sich voll den Wanst. Jedoch es weiß, wie ferne
Es ist von Bach und See und Fluß.
Das Nashorn trottet weiter, weil es muß.
Ist das nicht alles, was wir wirklich wissen?:
Wir trotten weiter, weil wir müssen.

Jan Philipp Reemtsma

9. Kapitel
Konzert der Nashörner

»Gedichte wollte bisher noch niemand von mir haben«, erklärte Jan Philipp Reemtsma trocken sein gutes Dutzend lyrischer Beiträge für die Bremer Schülerzeitung »Nashorn«. Am Mittwoch kam er nach Bremen, um in der Schul-Aula der Uraufführung des »Nashorn-Oratoriums« zu lauschen, das er für die Kinder geschrieben hat. Der Titel des zehnminütigen Stücks, das der Komponist Erwin Koch-Raphael vertont hat: »Warum ich gerne ein Nashorn wäre (vielleicht)«.

SÜDDEUTSCHE ZEITUNG, MÜNCHEN, 20.3.1997

Seit fünf Jahren unterstützt der Hamburger die Schüler der Hermannsburg, die dafür kämpfen, bis zur zehnten Klasse mit ihren behinderten Mitschülern unterrichtet zu werden.

WESER KURIER, BREMEN, 20.3.1997

So geht der muntere Kampf weiter, und gestern morgen saß die halbe Schule erwartungsvoll in der Aula, als endlich die Interpreten, ein Kammersänger und ein Schauspieler vom Bremer Theater am Goetheplatz, die Bühne erklommen und der Pianist seinen Platz einnahm.

HAMBURGER ABENDBLATT, 20.3.1997

»Ein Nashorn sperrst du niemals ein, es tritt dir jede Türe ein. Ein Nashorn kettest du nicht an, es bleibt an keiner Kette dran. Es reißt die Kette aus der Wand, bricht aus, rennt fort ins weite Land.« In solchen Versen ergreift Reemtsma Partei für die Außenseiter der Gesellschaft. Trotz aller Sparzwänge sei es wichtig, die Kooperation zwischen behinderten und nicht behinderten Kindern fortzusetzen, sagt der Autor. »In einer solchen Schule kann man Verhaltens- und Umgangsformen lernen, die man woanders nicht lernen kann.«

KREISZEITUNG, SYKE, 20.3.1997

Die Schülerin Kerrin mag seine Texte, weil die Nashörner stark sind und sich wehren. Und das täten die Schüler der Hermannsburg schließlich auch.

WESER KURIER, BREMEN, 20.3.1997

Die Kinder sind weiter entschlossen, mit ihren behinderten Freunden zusammenzubleiben. »Wenn nicht, ist die Schule besetzt«, verkündet Amin Alzagger, der im Oratorium die Pauke schlug.

DIE TAGESZEITUNG, 20.3.1997

Das Nashorn

Beim Nashorn sitzt das Horn ganz vorn
Denn wär es (wider alle Regel) hinten
Man würde nie ein Nashorn finden

So aber scheint das arme Tier verlorn
Weil man es abgesehn hat auf sein Horn
Wird es durch Wilderei verschwinden

Laßt, die ihr dieses Nashorn liebt
Nicht zu daß es die Mörder schinden
Helft ihm bevor es nurmehr Hornmehl gibt.

Durs Grünbein

Die Blechtrompete ist ein Blashorn;
Man spielt sie frei und auch vom Blatt.
Rhinozeros nennt man das Nashorn,
das Hörner auf der Nase hat.

James Krüss

Warum wohl trägt sein Nasenhorn
Das Nashorn auf der Nase vorn?
Es merkt daran zu jeder Frist
Genau, wo vorn und hinten ist!

Otfried Preußler

Es war einmal ein Nashorn,
das wohnte im Zoo von Quickborn
Und kam niemals nach Bremen
es sollte sich was schämen.

Christa Reinig

Rätsel

Von der Seite keine Badewanne,
Auch nicht von vorn.
Unter dieser Deck' hat sein Versteck
Na, was schon?

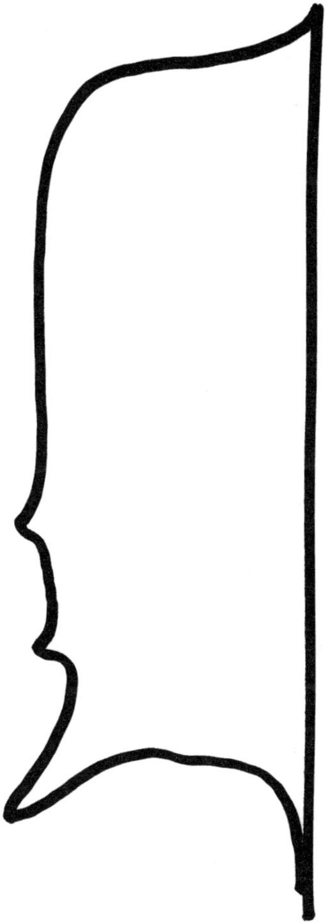

(frei nach St. Exupéry: "Der kleine Prinz")

Mario Adorf

Das Nashorn hat ein Horn vorn,
Hinten einen Steiss.
Mit dem Horn machts Löcher,
Mit dem Steisse Scheiss.

Vorne sticht und beisst es,
Hinten pisst und scheisst es.
Wenn verfolgt läßt es im Laufen
Hinten einen Riesenhaufen,

Wo die Jäger stecken bleiben,
Wenn sie unser Nashorn treiben.
Geben sie ihm keine Ruh,
Scheisst das Nashorn alle zu.

Karl Fruchtmann

Eines Morgens auf dem höchsten Hügel
wuchsem dem Nashorn goldene Flügel
da flog es hoch übers Meer hinaus
war das ein unheimliches Glücksgebraus.

Johannes Poethen

Ich bin das Nashorn von nebenan,
das gut im Tümpel tauchen kann.
Kommt jemand ans Ufer, der mich nicht will,
geh ich tief auf den Grund und halt mich still.

Fred Wander

Das Nashorn ist so manchem Menschen
an Ethik weitaus überlegen:
es ist nicht ausländerfeindlich,
tötet nicht und kümmert sich nicht um Politik.

Edgar Hilsenrath

Liebe Nashorn-Redaktion,

als ich vorgestern euren Brief bekam, traf mich auch gleich der Erinnerungsschlag: Wegen ständiger Reiserei hatte ich eure Anfrage in einem Umzugskarton verbummelt. Reuevoll setzte ich mich sofort auf den Hosenboden. Nehmt also dies:

Nashorns Medizin

Das Nashorn ist ein rundes Tier:
Es trinkt pro Tag ein Fäßchen Bier.
Und tut ihm mal die Leber weh,
trinkt es ein Täßchen Lebertee!

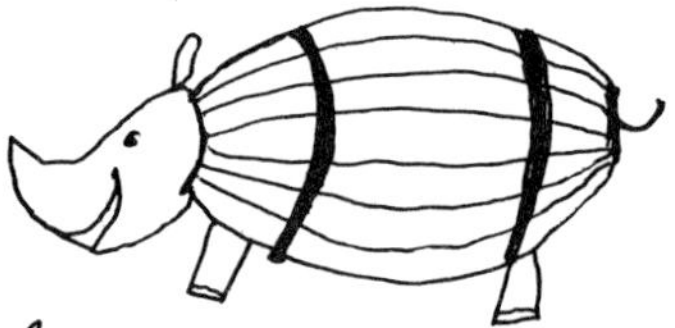

Viele Grüße und alles Gute für euren Kampf

Eure Simone Borowiak

Simone Borowiak

Ich Nashorn steh im Paradies
und öde mich hier bang und fies
Ein Alphornbläser aus Schloß Phyn
bläst mir dazu aus Lohengrin

Da sterb ich besser ab zur Hölle
Dort ist's fidel, auf alle Fälle
Die Feuerlohe ist der beste Quäler
Sie brennt selbst Tote zum Erzähler

Ernst Herhaus

Liebe Nashörner,
tut mir leid, nein,
über Nashörner
fällt mir nix ein.

Uwe Timm

1

Das Nashorn geht spazieren
auf allen vieren.
Es trägt das Horn
weit vorn.

2

Das Nashorn frißt manierlich
sehr ernst und nicht possierlich.
Auch dabei trägt's das Horn
weit vorn.

3

Nur selten reißt's dämonisch
grundlos und nicht harmonisch
den Boden auf mit seinem Horn
vor Zorn.

Elisabeth Borchers

Ein Nashorn stieg auf einen Berg
dort traf es einen Gartenzwerg
Sie mögen sich sehr gerne
und zählen nachts die Sterne

Gerhard Köpf

Ich habe immer nur Prosa geschrieben,
Verseschmieden aber niemals betrieben.
Nie hat sich bei mir etwas zusammengereimt.
Jetzt aber hab ich doch ein Gedicht gemacht.
Das liebe Nashorn hat mich dazu gebracht.

Alois Brandstetter

Das Nashorn ist ein Trinker.
Ein gemeiner Wicht.
Und wenn es 'mal nicht trinkt,
dann lebt es eben nicht.

Zschorsch.
Februar 19[illegible].
Frankfurt
a. Main.

Gerald Zschorsch

10. Kapitel
Die Bremer Kinder-Partei
»Die Nashörner«

Fast wäre Deutschland um eine »Partei« reicher geworden – um die Bremer Kinder-Partei »Die Nashörner«. Gegründet werden sollte sie von einer Bremer »Kooperationsklasse«, in der behinderte Kinder stundenweise gemeinsam mit Nichtbehinderten lernen.

FRANKFURTER RUNDSCHAU, 5.5.1998

Als Wahlkämpfer hatten sich bereits Künstler wie Wolf Biermann, Elfriede Jelinek, Franz Xaver Kroetz, Günter Kunert, Will Quadflieg und viele andere bereit gefunden.

DER TAGESSPIEGEL, BERLIN, 5.5.1998

Ja, ich übernehme eine Patenschaft für die Bremer Kinder-Partei

„Die Nashörner".

Ich werde mich nach der Wahl in die Bremer Bürgerschaft
stellvertretend für die „Nashorn-Schüler"
für das Programm der „Nashörner" einsetzen.

Ich werde den Wahlkampf der „Nashörner" aktiv unterstützen
mit einer Wahlkampfrede, einem Aufsatz, einem Lied, einem Gedicht,
einer Zeichnung oder einer anderen Überraschung.

Im Schattenkabinett der „Nashörner" übernehme ich den Posten

○ des einfachen Abgeordneten

○ des Senators für ______________________

○ des Bürgermeisters.

(Zutreffendes bitte ankreuzen)

____

Name **Anschrift** **Unterschrift** **Datum**

Programm
der Bremer Kinder-Partei
„Die Nashörner"

1. Alle behinderten Schüler dürfen bis zur 10. Klasse mit ihren nichtbehinderten Mitschülern zusammenbleiben.

2. Die nötigen Klassenräume werden sofort gebaut.

3. Politiker und Bürgermeister, die ihre Versprechen nicht halten, werden fristlos entlassen.

Im Schattenkabinett der »Nashörner« übernehme ich den Posten des einfachen Abgeordneten:

Franz Xaver Kroetz, Dramatiker, München

Wolf Biermann, Schriftsteller, Hamburg

Heinz von Cramer, Regisseur, Rom

Elfriede Jelinek, Schriftstellerin, Wien

Hans Kresnik, Tanztheaterleiter, Berlin

Günter Herburger, Schriftsteller, München

Prof. Herbert Rosendorfer, Schriftsteller, Girlan/Italien

Ralph Giordano, Schriftsteller, Köln

Uwe Kolbe, Schriftsteller, Tübingen

Günter Kunert, Schriftsteller, Kaisborstel

Prof. Peter Michael Hamel, Komponist, Hamburg

Prof. Uta Schütz-Birnbaum, Schriftstellerin, Oldenburg/Holstein

Vinko Globokar, Komponist, Berlin

Reinhard Schimmelpfeng, Obertonmusiker, Bremen

Joachim Sartorius, Schriftsteller, Berlin

Volker Ernsting, Karikaturist, Bremen

Prof. Horst Antes, Künstler, Berlin

Paul Wühr, Schriftsteller, Passignano/Italien

Dr. Hans Christoph Buch, Schriftsteller, Berlin

Mario Giordano, Schriftsteller, Hamburg

Thomas Hartmann, Künstler, Berlin

Karl-Heinz Jakobs, Schriftsteller, Velbert

Im Schattenkabinett der »Nashörner« übernehme ich den Posten des Bürgermeisters:

Peter Paul Zahl, Schriftsteller, Portland/Jamaica
Günter Herburger, Schriftsteller, München

des Senators für Phantasie:
Dr. Jürgen Alberts, Schriftsteller, Bremen

des Senators für Kultur:
Heiner Goebbels, Komponist, Frankfurt am Main

des Senators für Kulturpolitik:
Michael Krüger, Schriftsteller und Leiter des Hanser Verlags, München

des Senators für Wirtschaft:
Prof. Karl Mickel, Schriftsteller, Berlin

des Senators für Finanzen:
Günter Herburger, Schriftsteller, München

des Sonderbotschafters für Nashornologie in Süddanubrien:
Prof. Gerhard Köpf, Schriftsteller, München

Ich werde den Wahlkampf der »Nashörner« aktiv unterstützen mit einem Gedicht:
Ludwig Harig, Schriftsteller, Sulzbach
Prof. Karl Mickel, Schriftsteller, Bernau
Franz Xaver Kroetz, Dramatiker, München
Gerlind Reinshagen, Schriftstellerin, Berlin
Günter Kunert, Schriftsteller, Kaisborstel
Gudrun Pausewang, Schriftstellerin, Schlitz

mit einem Lied:
Prof. Peter Michael Hamel, Komponist, Hamburg

mit einem Aufsatz:
Will Quadflieg, Schauspieler, Heilshorn

mit einer Wahlkampfspende:
Franz Xaver Kroetz, Dramatiker, München

mit Gold und Geschmeide:
Günter Herburger, Schriftsteller, München

Liebe Nashornschüler, Ihr wißt ja, daß ich Euer Vorhaben, mit Euren behinderten Mitschülern bis zur 10. Klasse zusammensein zu können, sehr gut finde, und daß ich es auch unterstützt habe. Mit Euch bin ich wütend darüber, daß die Politiker das Versprechen, das sie Euch gegeben haben, nicht halten. Eine Bremer Kinder-Partei zu gründen, finde ich eine gute Idee.

Ich denke, da Ihr so beharrlich seid und so viele Ideen habt, werdet Ihr es doch schaffen, alle zusammenbleiben zu können, ich wünsche es Euch und grüße Euch herzlich, Eure *Christa Wolf*, Berlin, 24.2.1998

Liebe Nashörner, vielen Dank für Euren Brief. Ich habe schon in der Zeitung gelesen, daß der Bürgermeister sich nicht an seine Versprechen gehalten hat. Daß wir alle mehr und mehr darunter leiden, daß Politiker ihre Versprechen nicht halten, macht die Sache nicht besser. Und gerade in diesem Jahr wird wieder gelogen, daß sich die Balken biegen. Nashörner sind federleicht im Vergleich zur Schwere der Lügen, wie sie der Wahlkampf produziert. Ich finde es wunderbar, daß Ihr Euch als Kinderpartei in die Bürgerschaft wählen lassen wollt. Sehr gerne würde ich das Amt eines Senators für Kulturpolitik übernehmen. Leider bin ich erst wieder im Herbst in Bremen und könnte Euch dann auch besuchen, aber wenn vorher Not am Mann ist, komme ich selbstverständlich auch zwischendurch, um beim Wahlkampf mitzuhelfen. Guten Erfolg und herzliche Grüße, Euer *Michael Krüger*, Carl Hanser Verlag, Verlagsleitung, München, 23.2.1998

Liebe Nashorn-Schüler, man ahnt und weiß, daß Politiker lügen, aber man ist doch immer wieder überrascht, wie sehr und wie oft sie lügen. Also: bleibt weiter mißtrauisch und behaltet die Fäuste oben. Ich will Euch – soweit ich es aus dem fernen Berlin kann – dabei helfen. Mit den besten Wünschen für Euch und Euren Kampf, *Christoph Hein*, Berlin, 23.2.1998

Liebe Nashörner, ich finde Eure Idee sehr konsequent. Meine Hochachtung wächst, wenn ich sehe, wie Ihr dran bleibt – ganz gegen die verbreitete Art, nach einer Weile das Horn einzuziehen, aufzugeben. Herzlichst Euer *Uwe Kolbe*, Tübingen, 3.3.1998

JETZT REICHT'S

Stadt Bremen – jetzt mal hergehört:
Wir, deine Kinder, sind empört!
Du hast uns beruhigt, hast uns versprochen,
hast dann dein Versprechen kaltschnäuzig gebrochen.
Hältst uns für klein, unwichtig und dumm.
Wie gehst du mit deinen Kindern um?!
Jetzt reicht's! Jetzt schrei'n wir ins ganze Land:
Was du uns antust, ist allerhand!
Stadt Bremen, stell dich schon mal drauf ein:
Sand im Getriebe woll'n wir dir sein!

Gudrun Pausewang

Für die Nashornschüler!

Alle Menschen sind nicht gleich.
Der ist dumm und dieser klug
Der ist arm und jener reich.
Der hat nichts und der genug.
Doch es sollen auf der Erden
alle gleich behandelt werden.

Manche sind zwei Meter lang,
andre wieder ziemlich klein.
Manche sind für Streit und Zank,
andre mehr fürs Friedlichsein.
Doch es sollen auf der Erden
alle gleich behandelt werden.

Doch wer sich für besser hält,
nur weil andre anders sind,
um den ist es schlecht bestellt:
Solch ein Kerl ist wirklich blind.
Denn es sollen auf der Erden
alle gleich behandelt werden.

Günter Kunert

Liebe Kinder, wer 1 Kind ist
Darf stets nur die Wahrheit sagen
Muss, was es verspricht, auch halten
Soll, was auf den Tisch kommt, löffeln.

Wer kein Kind ist, liebe Kinder,
Löffelt nicht, was auf den Tisch kommt
Hält, was er verspricht, nur manchmal
Sagt die Wahrheit eher selten.

Das wird für normal geachtet
Überall – so ist das Leben:
Nur das Nashorn schüttelt seinen
Dickkopf mit dem Nashorne.

Karl Mickel

Das Bremer Nashorn

Das Bremer Nashorn ist ein Wesen
so zart wie eine Maus.
Es übt das Rechnen, Schreiben, Lesen
im Nashornschüler-Haus.

Gern lernt es seinen Nächsten kennen.
Das ist sein Naturell.
Doch wer es will vom andern trennen,
der braucht ein dickes Fell.

Drum wünschen alle Anverwandten,
die seine Art verstehn,
ob Bären, Wale, Elefanten,
sein weitres Wohlergehn.

Ludwig Harig

Liebe Nashorn-Schüler, Eure Tätigkeit und Euer Engagement imponieren mir enorm. Wie schön, daß Ihr so beharrlich und zäh seid. Es scheint ja doch so, daß Ihr Erfolg haben werdet, jedenfalls entnehme ich das Eurem Bericht. Aber es ist wahr, man muß nach den vielen Enttäuschungen und negativen Erfahrungen skeptisch sein. Ich halte also den Daumen und wünsche gutes Gelingen. Herzlich grüßend, *Marion Gräfin Dönhoff*, Hamburg, 24.2.1998

Euer Anliegen, das auch meines ist, werde ich überall, wo ich bin, lese oder singe, vertreten, und ich wünsche euch »Glück auf«. Herzliche Grüße, *Franz Josef Degenhardt*, Quickborn, 21.2.1998

Liebe Nashörner und Nashörnerinnen, anbei die versprochene Spende. Das Gedicht, das ich versprach, ist nicht fertig. Ich habe mich verfranst. Wenn die Fransen ausgebürstet sind kommt es nach. Viele Grüße vom *Kroetz, F. X.*, München, 23.3.1998

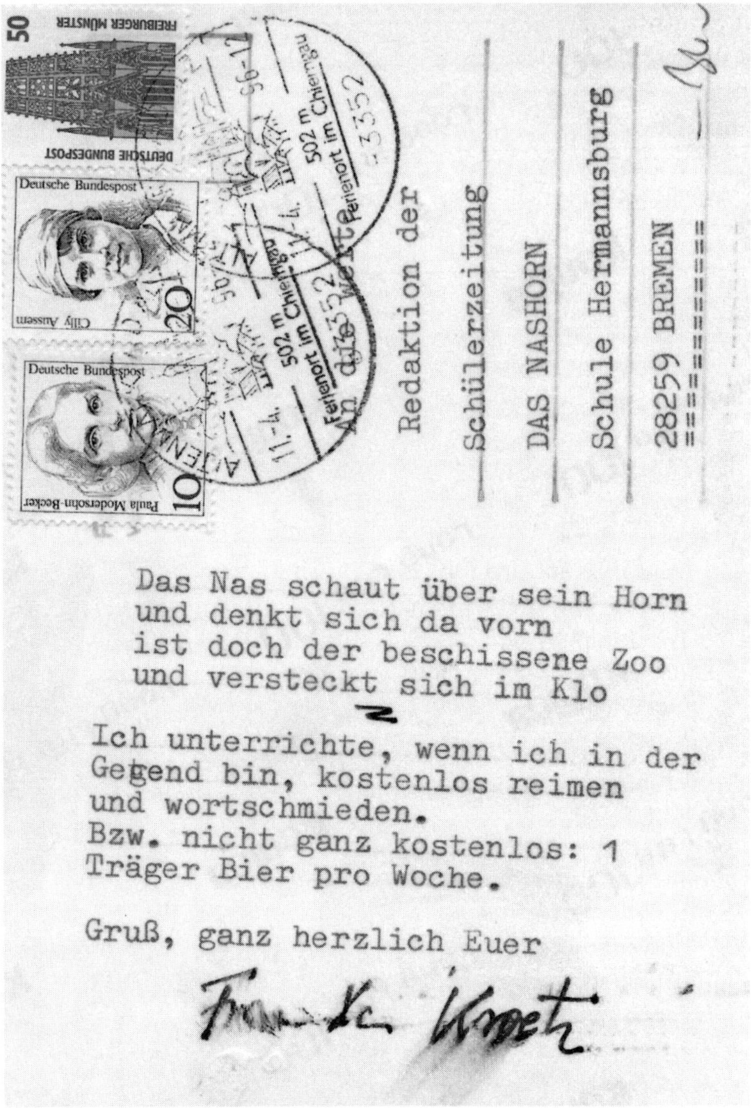

Redaktion der
Schülerzeitung
DAS NASHORN
Schule Hermannsburg
28259 BREMEN

Das Nas schaut über sein Horn
und denkt sich da vorn
ist doch der beschissene Zoo
und versteckt sich im Klo

Ich unterrichte, wenn ich in der
Gegend bin, kostenlos reimen
und wortschmieden.
Bzw. nicht ganz kostenlos: 1
Träger Bier pro Woche.

Gruß, ganz herzlich Euer

Franz Xaver Kroetz

nashorn, ärgerlich

zufällig geborn
mit nase als horn
nicht blöd lachen
über solche sachen

Elfriede Gerstl

Ein Nashorn lebt nicht gern allein
Sonst würd's auch ziemlich einsam sein
Am fröhlichsten wedelt sein Schwänzchen
Bei Nashorn-Omi's Kaffeekränzchen

Robert HP Platz

Das Nashorn möchte gern in Bremen bleiben.
Ausländerfeinde wollen es vertreiben.
Bleiberecht hat nur die heimische Kuh.
Was sagt *ihr* dazu?

Ruth Klüger

Ein Nashorn fraß, man glaubt es kaum,
ein Blatt von einem Gummibaum.
Da schlich sich's leise in den Stall
und legte einen Gummiball.

Jürgen Lodemann

Meine lieben Nashorn-Schüler,
ich lass Euch nur ungern im Stich,
doch ich weiss so viel übers Nashorn,
wie das Nashorn über mich.

Georg Kreisler

Das Nasenhorn, das Nasenhorn
Ist hinten dick und mehr noch vorn,

Mit freundlichen Grüßen
Chlodwig Poth

Chlodwig Poth

Bedauerlicher Zwischenfall

Ein Nashorn schämte sich und kroch
mit großer Mühe in ein Mauseloch –
doch hinterher grämt es sich sehr
und litt am Leben doppelt schwer:
nach hinten war sein Horn verrutscht,
sein Äuß'res ganz und gar verpfutscht,
ein Po-Horn nun – kein Nashorn mehr!

Heinz von Cramer

Sorry I was born
as a Nashorn!

Joachim Sartorius

Gegen Vogelfeindschaft zu singen

Nashornvogel? Wo geborn?
Fragt das Nashorn unverfrorn.
Ich bin hier, ich bin hier, ich bin doch
Hier geborn! – Bist kein Nashorn, schimpft das *Horn*

Walter Höllerer

Ein Nashorn steht alleine
in seiner dicken Haut
und denkt an seine kleine
sehr dicke Nashornbraut.

Ernst Augustin

Unser Nashorn heißt einfach Nasi
Und war gewiß nicht bei der Stasi!
Solchen Nashörnern zugewandt,
Ja, so wünsch' ich mir unser Land!

Adolf Endler

Das Nashorn ist von großem Nutzen,
denn seine Art, das Horn zu putzen
durch hin und her im nassen Grase
ist Vorbild für die Menschennase.

Eugen Gomringer

Das Nashorn ist kein Einhorn,
Dafür ist Elli Beinhorn,
Die Nazi-Fliegerin,
Auch keine Siegerin!

Heinz Czechowski

Aber nun wird die Partei doch nicht gegründet. Denn ihre Hauptforderung ist mittlerweile erfüllt worden.

DER TAGESSPIEGEL, BERLIN, 5.5.1998

11. Kapitel
Der Erfolg

Widerstand kann sich lohnen. Diese Erfahrung machten jetzt Schülerinnen und Schüler einer Bremer Kooperationsklasse. Fünf Jahre lang wehrten sie sich gegen die Aussortierung ihrer behinderten Mitschüler. Mit Phantasie, Ausdauer und prominenter Unterstützung erreichten sie jetzt ihr Ziel.

SÜDDEUTSCHE ZEITUNG, MÜNCHEN, 13.5.1998

Nach Bildungssenatorin Bringfriede Kahrs (SPD) hat jetzt auch die »Bildungsdeputation« beschlossen, daß die Schule einen behindertengerechten Anbau erhält, damit die Klasse bis zum 10. Schuljahr zusammenbleiben kann und jüngere Kooperationsklassen nachrücken können.

HANNOVERSCHE ALLGEMEINE ZEITUNG, 6.5.1998

Der Berliner Schriftsteller Christoph Hein gratulierte als erster. »Liebe Nashorn-Schüler, in der Zeitung lese ich eben, daß Ihr und wir gewonnen haben. Ich bin sehr stolz auf Euch und gratuliere. Ich glaube, Ihr habt damit in der Nashorn-Schule das Wichtigste gelernt: nie verzagen, die Fäuste oben behalten und sich nach Unterstützung umsehen. Gratulation zu dem großen Sieg.«

DIE NEUE SONDERSCHULE, BERLIN, 1/1999

Liebe Nashörner, aus Eurer letzten Ausgabe des Nashornmagazins habe ich erfahren, daß ihr jetzt endlich bis zur 10. Klasse zusammenbleiben dürft, ich gratuliere euch von Herzen zu dem großen Erfolg, wünsche euch viel Glück und Freude in den neuen Räumen, und daß es so bleiben wird! Wir sind eine Welt, wir gehören alle zusammen!
Herzlichst *Mario Giordano,* Hamburg

P.S. Kleiner Nashornerick zwischendurch zum Thema »Unterschätze nie ein Nashorn«:

Ich kannte ein Nashorn aus Nizza,
das aß für sein Leben gern Pizza.
Doch wie bin ich erschreckt,
als ich es entdeckt',
und es mit einer Stange Lakritz sah!

Liebe Nashörnler, ich möchte Euch zu Eurem schönen Erfolg mit einem neuen Vierzeiler gratulieren!

Das Nashorn ist nicht kleinzukriegen
und will doch nichts als seinen Frieden
Doch wenn man seine Wut erst weckt
dann ist sein Horn vor Zorn gefleckt

Sehr herzlich grüßt Euch Euer alter Freund und Sonderbotschafter für Nashornologie in Süddanubrien, *Gerhard Köpf,* München

Welch ein Triumph für euch, liebe Nashörner! Nach dem fabelhaften Abend bei dem ebenso fabelhaften Roger Willemsen, der euch mit soviel Liebe einlud und befragte, blieb dem Senat auch nichts anderes übrig, als euch zu helfen.

Ich glaube, eure behinderten Mitschüler haben euch Nichtbehinderten auch einen großen Dienst erwiesen, weil sie wesentliche Seeleneigenschaften in euch bestärkt und bewußt machten. Ich meine: liebevolles Verständnis, Einfühlungsvermögen und Rücksichtnahme. Diese kostbaren Eigenschaften sind leider so seltene Beweise echter Humanität und auch für die sog. Erwachsenen vorbildlich. Alle Radikalen – ob rechts oder links – können von Ihnen lernen.

Ich hoffe, eure Schule bewahrt durch mehrere Generationen diesen Geist und entwickelt ihn weiter. Wenn ihr wollt, komme ich einmal zu euch und sage euch schöne Gedichte auf.

Mit allen guten Wünschen – auch von meiner Frau – bin ich euer

Will Quadflieg, Heilshorn

Liebe Nashörner, das ist wirklich eine mega Überraschung. Ihr seid ja wirklich ein zoologischer Garten, der mehr ist, als nur eine Idee. Ihr seid aktiv, phantasievoll und mutig. Drei Eigenschaften, die die Voraussetzung sind für ein vernünftiges und frohes Zusammenleben.

In unserer Gesellschaft hat es einfach zu wenig Nashörner. Wilderer haben zu lange dieses edle Tier verfolgt und abgeschossen. Ihr seid so etwas wie das Nashornparadies. Von dort aus können die Nashörner Einfluß nehmen auf die Welt und versuchen, dass anstelle von Geld die Liebe tritt.

Es grüßt Euch herzlich eines der ältesten Nashörner,

Gottfried Honegger, Cannes

Liebe Nashorn-Schüler, herzlichen Glückwunsch zu Eurem Erfolg! Hilfe »hilft« immer nur, wenn jemand selbst genug Ausdauer und Fleiß mitbringt, um sein Ziel zu erreichen. Von uns jedenfalls für Eure Zukunft allerbeste Wünsche!

Günter Grass, Lübeck

Liebe Nashorn-Schülerinnen und Nashorn-Schüler,
vielen Dank für Euren Brief, der bei mir am 3. Juni 1998 angekommen ist. Zu Eurem Erfolg, den Ihr durch Beharrlichkeit und Einfallsreichtum erreicht habt, gratuliere ich Euch sehr herzlich. Ihr werdet im übrigen in Eurem späteren Leben entdecken, daß das nicht nur ein Augenblickserfolg ist, sondern daß Ihr durch Eure Solidarität untereinander Fähigkeiten erworben habt, die Euch das ganze Leben begleiten werden.
Nochmals herzlichen Glückwunsch und alles Gute für die Zukunft.
Otto Schily, Bonn

Liebe Nashörner, -innen,
Liebe Nashörnchen,
liebe TV-Hörner,
der Brief hat mich gefreut, Ihr habt erkämpft,
was Ihr wollt, großartig!
Muß ich jetzt kein Unterricht mehr geben?
Euer
Wolf Wondratschek, München

Das Nashorn ist ein edles Tier
läßt das Gewohnte wanken
Denn:
Nasen für sich ganz allein
gibt es schon zu viele.
Erst Hörner sind die Ziele.

Ilse Aichinger

das auge hell
die waffe frei auf der nasen
der tanz geht schnell
so oft sie zum angriff blasen

Christian Geissler

Das Nashorn lebt wie jeder weiß
Am liebsten wo es feucht und heiß
Auf seinem Nacken hocken Spatzen
Die ihm, wenn's juckt, den Rücken kratzen.

Jakov Lind

Wenn sich ein Horn die Nase schnäuzt,
dröhnt es wie ein Orchester.
Voll Scham danach es leise seufzt:
»Ich nicht, 's war meine Schwester.«

Hans Keilson

Ich rufe laut: Hipp, hipp, hurra!
Das Nashorn soll noch lange leben,
wo Kinder füreinander da –
sich gegenseitig Hoffnung geben.

Simon Wiesenthal

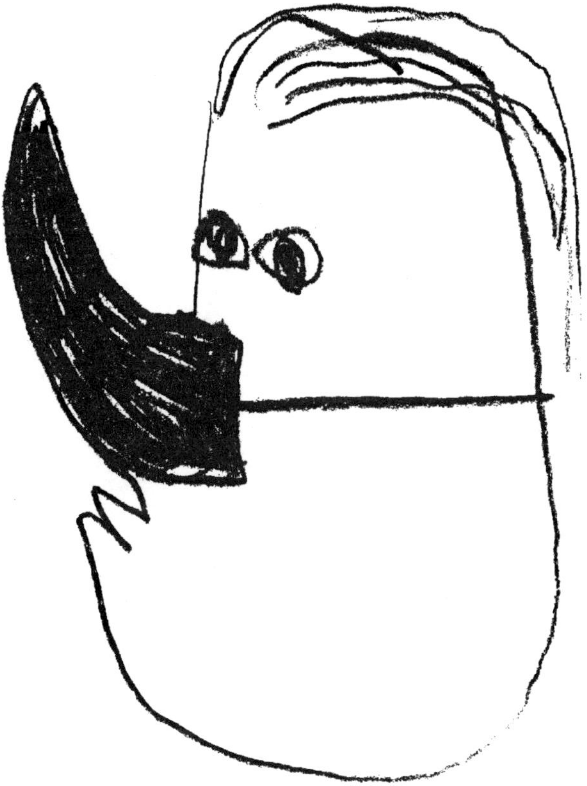

Thomas Hartmann

In Israel, dem großen Reich,
da lebt ein Siedler und ein Scheich.
Das Nashorn, Zielscheibe von beiden,
muß unter ihnen schrecklich leiden.
Der eine schreit: »Nützt dir das Horn denn auf der Stirn
mit deinem winzig kleinen Hirn?«
Der andre lacht: »Als Kleiderhaken taugst du bloss,
du hässliches Rhinozeros!«
Mit seinen dicken, kurzen Beinen
flieht's vor den Steinen von dem einen
und auch der andere, mit Gewehr
macht's unserm Nashorn mächtig schwer.
Das Nashorn denkt sich: bitteschön,
so geh ich zu Saddam Hussein,
der schiesst mit Gas im Morgenrot
und piff, paff, puff sind alle tot.
Nun die Moral von dem Gedicht:
Spott und Gewalt, das lohnt sich nicht.

Angelika Schrobsdorff

Der Nashorntraum

Es war einmal ein Nashorn
das war auf der Flucht

Das Nashorn war flink und hatte Glück
denn schon bald lagen die Jäger zurück

Im Schatten großer Ginkgobäume
stand nun das erschöpfte Nashorn und träumte:

Ruckzuck flog das Nashorn auf und davon
leicht und schwerelos wie eine Wolke
als ob es nie wieder hinunter wollte

Zoë Jenny

THE RHINO

There is a young rhino I know
whose manners are only so so.
His skin is dark, he lives in the park.
His grandparents survived the flood in the Ark.

Louis Begley

Und das Nashorn hat 'ne Nase
Und es popelt drum und dran
Und es füllt ihn mit Ekstase
Wenn es endlich niesen kann

George Tabori

Das Lied des Nashorns

Mein Horn ist keine Nase,
die Nase ist kein Horn.
Wenn meine Nase blutet,
hab ich kein Horn, das tutet.
Ich schnaube durch die Nase,
und blase,
und spiel mein Lied von vorn:

Ein Horn ist keine Nase ...
usw.

Hans Magnus Enzensberger

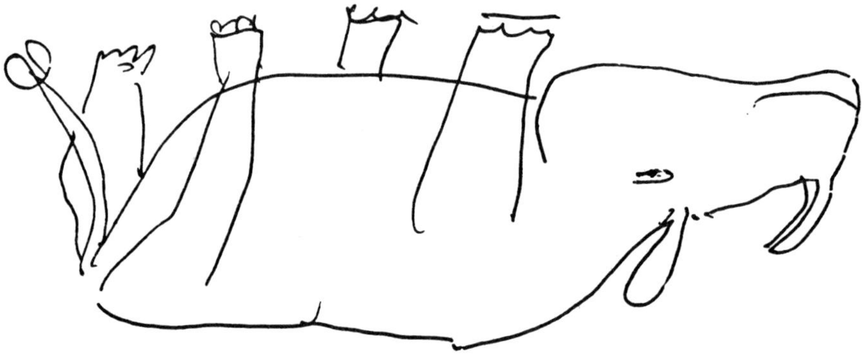

die Meise, die ~~[illegible]~~ Kuh, die Kuh Maus nicht,
das Pferd, der Frosch, die Laus nicht,
auf der Nase einen Dorn,
hat nur das Nashorn.

Georg Baselitz

12. Kapitel
Nashorn, bremisch

Ein Nashorn war nicht dabei, als die Bremer Stadtmusikanten loszogen – oder doch?

DIE ZEIT, HAMBURG, 11.7.1997

Nächtlich durch die Stille streifen
Alte, bunt verhüllte Geister:
Sieben sind es, krumme Meister,
Haben finster vor zu greifen.

Oben in den hellen Zweigen
Regen sich die Regenpfeifer
Nur das Eine will sich
– zum Glück, absolut –
nicht zeigen.

Herbert Rosendorfer

Mein Nashorngedicht

Ein junges Nashorn urig von Gestalt
trabt leise grunzend durch den Nashornwald
wo tiefer drinnen unterm Dichterbaum
die blaue Blume aufblüht wie ein Traum

Die fiel einst aus des Knaben Wunderhorn
und ward im Nashorndickicht neu geborn
Wer sie dort find't versteckt im dunklen Tann
der fängt o Wunder gleich zu dichten an.

Nun sinnt und spinnt im Mondenlichte
das Nashorn Nas- und Wunderhorngedichte.

Johanna Moosdorf

Ein armes Nashorn auf und ab
ging in dem Zoo in seinem Trab
noch ärmer als der Elefant
der auch nicht lebt in seinem Land.

O liebes Nashorn sei nicht trübe
denn eine Nashörnin mit ihrer Liebe
steht in dem Käfig neben dir
und findet dich ein schönes Tier.

Elisabeth Plessen
Peter Zadek

Ein Nashorn namens Naseweis
bewarb sich um den Nasenpreis.
Doch leider ging es anders her:
Den Preis bekam der Nasenbär.

Dieter Wellershoff

Bis zum Bauch
Stehen sie in Wonne
Gräser, Regen, Tau und Hagel
Sie sind glücklich
Bis zum letzten großen Zehennagel

Péter Nádas

Nachnashorn

Das Nashorn hat seine Nas vorn. Das haben die meisten Lebewesen, trotzdem heißen sie nicht danach. Außerdem fällt an einem Nashorn eigentlich zuletzt die Nase auf. Oder wer weiß schon genau, wie diese Nase aussieht? Ich jedenfalls habe keine Ahnung.

Sollte das Nashorn also nicht eigentlich besser Vornhorn heißen? Vielleicht. Aber dann müßte man ja das Kamel auch »Rückenhöcker« taufen und wir wären alle Kopffüßler, und das ist doch ungerecht.

Der Mensch darf »Mensch« heißen, das Schwein »Schwein« und die Kuh »Kuh«. Das ist wenigstens etwas Ganzes, Eigenes. Nur das prachtvolle Nashorn mit seiner uralten Haut, seinen Augen, die alles gesehen haben, seiner stabilen Statur, seinen stürmisch stampfenden Beinen, seinen Schuppen und Lappen, diese aus dem Dunkel der Schöpfung hervorbrechende Kreatur, die so viel älter ist als der Weichling Mensch, die soll nichts weiter im Namen tragen, als ihre Nase, die wir nie gesehen haben und ihr Horn, das allerdings nicht zu übersehen ist?

Es ist ungerecht, aber so ist der Homo sapiens. Er nennt einen Menschen mit Höcker einen »Buckligen«, als bestünde er nur aus seinem Buckel, und einen, der nicht sehen kann, einen Blinden, als bestünde er nur aus Dunkel, und einen Menschen, der von Anderen in einer Kleinigkeit seines Körpers oder Geistes abweicht, den nennt er einen

»Behinderten«, als sei der ganze Mensch rundum eingeschränkt und könne in seinem ganzen Leben nichts tun, als sich anzustoßen. Dabei weiß er es eigentlich viel besser. Im alten Griechenland wurde der blinde Theiresias ein »Seher« genannt wegen seiner Gabe, die Gegenwart zu erkennen und die Zukunft zu deuten. Den englischen Romantiker Lord Byron nannte man den »Göttlichen«, auch wenn er einen Klumpfuß hatte, der Maler Toulouse-Lautrec war ein Gigant seiner Kunst, körperlich aber kleinwüchsig, und wer die Stimme des Sängers Thomas Quasthoff gehört hat, der wird mit ihr schwerelos und fragt nicht nach der Länge seiner Arme. Man könnte immer so weiter machen: Unter den Künstlern, Malern wie Dichtern, Komponisten wie Interpreten, waren die »Behinderten« oft die Freien, und die, die ihrer eigenen Zeit verwirrt vorkamen, werden von uns heute verehrt wegen ihrer Klarsicht, der Wichtigkeit ihres Erkennens und der Wahrheit ihres Ausdrucks.

Und das ist noch nicht alles. Eigentlich ist alle Kunst ein Auswuchs, eine Monstrosität, weshalb auch unter künstlerischen Menschen die Grenze verfließt zwischen denen, die von der Gesellschaft »behindert« und jenen, die »begabt« oder sogar »genial« genannt werden.

Wahrscheinlich haben sie aber mehr noch gefühlt, daß diese zwar »Behinderte« sagen, aber eigentlich »Behinderer« meinen. Bürokraten machen sich doch weniger Sorgen darum, wie der behinderte Schüler seinen Schulgang meistert, sondern eher darum, ob er seine Mitschüler beeinträchtigt. Diese Vorstellung ist infam. Früher suchten die Menschen die Gesellschaft, den Rat, die Weisheit der »Behinderten«, und auch heute können Schüler von Behinderten Dinge lernen, die ihnen kein Lehrer beibringen könnte, kostbare Dinge, die sie für immer bereichern.

Die Nashorn-Schüler haben sich also verhalten wie Künstler. Sie haben genau gewußt, daß es sich nicht lohnt,

»fürs Leben« zu lernen, wenn man nicht mit denen und von denen lernen kann, die durch Geburt oder Veranlagung in ihrem Leben ganz andere Wege gehen, ganz andere Fähigkeiten und Bedürfnisse ausbilden. Sie haben die Nicht-Behinderten blamiert und bewiesen, daß sie ein weiteres Bild vom Menschen haben als die Bürokraten.

Vor dem Auge des Gesetzes nämlich sind wir alle gleich. Aber das Gesetz ist auf dem anderen Auge blind, behindert könnte man sagen. Deshalb hat das Gesetz 1994 den Artikel 3 des Grundgesetzes ergänzt durch den Passus: »Niemand darf wegen seiner Behinderung benachteiligt werden.«

Bis zu dieser Erkenntnis hat der Staat eine halbe Ewigkeit gebraucht. Irgendwann, als er schon fünfzig Jahre alt war, hat er sie dann ins Grundgesetz aufgenommen, und irgendwann, wenn er schon im Greisenalter sein wird, dann mag er dieses Grundrecht vielleicht auch umsetzen, d. h. keine öffentlichen Gebäude ohne Rampen bauen und keine Bahnsteige ohne Einstiegsmöglichkeiten für Rollstühle. Dann werden 6,6 Millionen in Deutschland als schwerbehindert eingestufte Menschen ihren Wohnort und ihre Arbeit, werden behinderte Kinder ihre Schule frei wählen, werden hörgeschädigte Studenten Vorlesungen, werden sehgeschädigte Bürger das Internet verfolgen können, werden Fernsehnachrichten immer mit Gebärdendolmetschung, Hotelzimmer immer mit Duschmöglichkeiten für Rollstuhlfahrer versehen sein. Anders gesagt: Dann wird lange nach der Verankerung des neuen Artikels im Grundgesetz die Gleichstellung Behinderter auf der Ebene der Bürgerrechte auch praktisch durchgesetzt sein, oder noch anders gesagt: Dann wird die Vergewaltigung einer Behinderten kein geringeres Strafmaß mehr finden als die einer Nicht-Behinderten.

Die Nashorn-Schüler haben sich der politischen Bevormundung in einem beispiellosen Akt von Zivilcourage, raffiniert und ausdauernd widersetzt. Als ich sie ehemals in »Willemsens Woche« einlud, war ich hoch gespannt, wie sie sein, wie sie sich präsentieren würden. Das Schönste trat ein: Alles andere als erhoben von der eigenen Aktion und der öffentlichen Zustimmung, trugen sie ihre Sache ruhig, unpathetisch und desto überzeugender vor. Hans-Jochen Vogel, der auch zugegen war, akklamierte lautstark und hinter der Bühne klatschte selbst das Team mit.

Die Nashorn-Schüler sind mit ihrem Engagement nicht für die Rechte der Behinderten allein, sondern ebenso für die des emanzipierten Bürgers ganz allgemein eingetreten. Sie waren ausdauernd, denn irgendwie schwante ihnen, daß man einen langen Atem haben muß und gute Mitstreiter, wenn man den Staat überzeugen will: Auch er kann sich glaubwürdig nur dann über die akute Gewalt gegen Schwächere empören, wenn er selbst zur Durchsetzung der gesetzlichen Gleichstellung der Schwächeren in der Lage ist. Mag sein, wir besitzen nominell ein Gleichstellungsgesetz. Was wir nicht haben, ist ein stringent praktiziertes Antidiskriminierungsgesetz. Die Nashorn-Schüler haben es praktiziert und gezeigt, manchmal brauchen wir Gesetze einfach gegen den Staat. Noch dringender als Gesetze aber brauchen wir Nashörner überall, wie in der Natur, wo es sie auch in jedem Element gibt: In Holz und Erdreich den Nashornkäfer, im Wasser den Nashornfisch, in der Luft den Nashornvogel, im Sand die Nashornviper, am Strand den Nashornleguan und nun endlich in den Bildungsanstalten den Nashorn-Schüler!

Roger Willemsen

Schriftsteller, Künstler und Komponisten

Mario Adorf, geb. 1930, ist Schauspieler und Schriftsteller.
Ilse Aichinger, geb. 1921, lebt als Schriftstellerin in Wien.
Matthias Altenburg, geb. 1958, lebt als Schriftsteller in Frankfurt am Main.
Carl Amery, geb. 1922, lebt als Schriftsteller in München.
Ernst Augustin, geb. 1927, lebt als Schriftsteller in München.

Georg Baselitz, geb. 1938, lebt als Künstler in Schloß Derneburg.
Jurek Becker, 1937–1997, lebte als Schriftsteller in Berlin.
Uli Becker, geb. 1953, lebt als Schriftsteller in Berlin.
Louis Begley, geb. 1933, lebt als Schriftsteller in New York.
Hans Bender, geb. 1919, lebt als Schriftsteller in Köln.
F.W. Bernstein (Fritz Weigle), geb. 1938, lebt als Künstler und Professor in Berlin.
Ulla Berkéwicz, geb. 1951, lebt als Schriftstellerin in Frankfurt am Main.
Peter Bichsel, geb. 1935, lebt als Schriftsteller in Solothurn in der Schweiz.
Wolf Biermann, geb. 1936, lebt als Dichter und Sänger in Hamburg.
Walter Boehlich, geb. 1921, lebt als Literaturkritiker und Übersetzer in Frankfurt am Main.
Elisabeth Borchers, geb. 1926, lebt als Schriftstellerin und Übersetzerin in Frankfurt am Main.
Simone Borowiak, geb. 1964, lebt als Schriftstellerin in Frankfurt am Main.
Alois Brandstetter, geb. 1938, lebt als Schriftsteller und Professor in Klagenfurt.
Thomas Brasch, geb. 1945, lebt als Schriftsteller in Berlin.
Alfred Brendel, geb. 1931, lebt als Pianist und Lyriker in London.

Brösel (Rodger Feldmann), geb. 1941, lebt als Zeichner und Erzähler in Flensburg. *Brösel* / Achterbahn AG, Kiel
Günter de Bruyn, geb. 1926, lebt als Schriftsteller in Görsdorf bei Beeskow.
Hans Christoph Buch, geb. 1944, lebt als Schriftsteller in Berlin.

Campino, geb. 1962, lebt als Sänger der »Toten Hosen« in Düsseldorf.
Heinz von Cramer, geb. 1924, lebt als Schriftsteller und Regisseur in Rom.
Heinz Czechowski, geb. 1935, lebt als Schriftsteller in Frankfurt am Main.

Franz-Josef Degenhardt, geb. 1931, lebt als Schriftsteller und Liedermacher in Quickborn.
Friedrich Christian Delius, geb. 1943, lebt als Schriftsteller in Berlin.
Karlheinz Deschner, geb. 1924, lebt als Schriftsteller und Autor der Kriminalgeschichte des Christentums in Haßfurt.
Marion Gräfin von Dönhoff, geb. 1909, lebt als Schriftstellerin und Herausgeberin der »Zeit« in Hamburg.
Wiglaf Droste, geb. 1956, lebt als Schriftsteller in Berlin.
John von Düffel, geb. 1966, lebt als Schriftsteller und Dramaturg in Karlsruhe und Bonn.
Karen Duve, geb. 1961, lebt als Schriftstellerin in Hamburg.

Bernd Eilert, geb. 1944, lebt als Schriftsteller in Frankfurt am Main.
Ernst A. Ekker, 1937–1999, lebte als Schriftsteller in Wien.
Michael Ende, 1929–1995, lebte als Schriftsteller in Rom. © by Michael Ende
Adolf Endler, geb. 1930, lebt als Schriftsteller in Berlin.
Bernt Engelmann, 1921–1994, lebte als Schriftsteller in Rottach-Egern.
Christian Enzensberger, geb. 1931, lebt als Schriftsteller und Professor in München.
Hans Magnus Enzensberger, geb. 1929, lebt als Schriftsteller in München.
Volker Ernsting, geb. 1941, lebt als Zeichner und Karikaturist in Bremen.

Karl Fruchtmann, geb. 1916, lebt als Filmemacher und Professor in Bremen.

Christian Geissler, geb. 1928, lebt als Schriftsteller in Dollart.
Robert Gernhardt, geb. 1938, lebt als Zeichner, Dichter und Erzähler in Frankfurt am Main.
Elfriede Gerstl, geb. 1932, lebt als Schriftstellerin in Wien.
Mario Giordano, geb. 1963, lebt als Schriftsteller in Hamburg.
Albrecht Goes, 1908–2000, lebte als Schriftsteller in Stuttgart.
Max Goldt, geb. 1958, lebt als Schriftsteller und Kolumnist in Berlin.
Eugen Gomringer, geb. 1925, lebt als Schriftsteller in Rehau.
Günter Grass, geb. 1927, lebt als Schriftsteller in Lübeck.
Fritz Graßhoff, 1913–1997, lebte als Schriftsteller in Kanada.
Achim Greser lebt als Karikaturist in Kahl.
Max von der Grün, geb. 1926, lebt als Schriftsteller in Bayreuth.
Durs Grünbein, geb. 1962, lebt als Schriftsteller in Berlin.

Erich Hackl, geb. 1954, lebt als Schriftsteller in Wien.
Peter Hacks, geb. 1928, lebt als Schriftsteller in Berlin.
Peter Michael Hamel, geb. 1947, lebt als Komponist und Professor in Aschau und Hamburg.
Heinrich Hannover, geb. 1925, lebt als Schriftsteller und Rechtsanwalt in Worpswede.
Margarete Hannsmann, geb. 1921, lebt als Schriftstellerin in Stuttgart.
Ludwig Harig, geb. 1927, lebt als Schriftsteller in Sulzbach im Saarland.
Geno Hartlaub, geb. 1915, lebt als Schriftstellerin in Hamburg.
Thomas Hartmann, geb. 1950, lebt als Künstler in Berlin.
Peter Härtling, geb. 1933, lebt als Schriftsteller in Walldorf/Mörfelden.
Elke Heidenreich, geb. 1943, lebt als Schriftstellerin in Köln.
Gert Heidenreich, geb. 1944, lebt als Schriftsteller in der Nähe von München.
Christoph Hein, geb. 1944, lebt als Schriftsteller in Berlin.
Helme Heine, geb. 1941, lebt als Schriftsteller und Zeichner in Neuseeland.
Hans-Jürgen Heise, geb. 1930, lebt als Schriftsteller in Kiel.
Helmut Heißenbüttel, 1921–1996, lebte als Schriftsteller in Borsfleth. Abdruck mit freundlicher Genehmigung von Ida Heißenbüttel.
Eckhard Henscheid, geb. 1941, lebt als Schriftsteller in Frankfurt am Main.
Kerstin Hensel, geb. 1961, lebt als Schriftstellerin in Berlin.
Henky Hentschel, geb. 1942, lebt als Schriftsteller in Kuba.
Hans Werner Henze, geb. 1926, lebt als Komponist in Italien.

Günter Herburger, geb. 1932, lebt als Schriftsteller in München.
Ernst Herhaus, geb. 1932, lebt als Schriftsteller in Konstanz.
Edgar Hilsenrath, geb. 1926, lebt als Schriftsteller in Berlin.
Walter Höllerer, geb. 1922, lebt als Schriftsteller und Professor in Berlin.
Franz Hohler, geb. 1943, lebt als Schriftsteller in Zürich.
Gottfried Honegger, geb. 1914, lebt als Künstler und Professor in Cannes in Frankreich.

Ernst Jandl, 1925–2000, lebte als Schriftsteller in Wien.
Janosch, geb. 1931, lebt als Zeichner und Erzähler auf den Kanarischen Inseln.
Elfriede Jelinek, geb. 1946, lebt als Schriftstellerin in Wien.
Zoe Jenny, geb. 1974, lebt als Schriftstellerin in Basel.
Ernst Jünger, 1895–1998, lebte als Schriftsteller in Wilflingen. Abdruck mit freundlicher Genehmigung von Liselotte Jünger.

Yaak Karsunke, geb. 1934, lebt als Schriftsteller in Berlin.
Hans Keilson, geb. 1909, lebt als Schriftsteller und Nervenarzt in Bussum in den Niederlanden.
Hans Werner Kettenbach, geb. 1928, lebt als Schriftsteller in Köln.
Sarah Kirsch, geb. 1935, lebt als Schriftstellerin in Tielenhemme.
Wulf Kirsten, geb. 1934, lebt als Schriftsteller in Weimar.
Ruth Klüger, geb. 1931, lebt als Schriftstellerin und Professorin in Göttingen und Kalifornien.
Sibylle Knauss, geb. 1944, lebt als Schriftstellerin und Professorin in Landau-Mörzheim.
Peter Knorr lebt als Satiriker in Frankfurt am Main.
Michael Köhlmeier, geb. 1949, lebt als Schriftsteller in Hohenems in Österreich.
Gerhard Köpf, geb. 1948, lebt als Schriftsteller und Professor in München.
Wolfgang Koeppen, 1906–1996, lebte als Schriftsteller in München.
Uwe Kolbe, geb. 1957, lebt als Schriftsteller und Dozent in Tübingen.
Klaus Kordon, geb. 1943, lebt als Schriftsteller in Berlin.
Irina Korschunow, geb. 1925, lebt als Schriftstellerin in Gauting bei München.
Georg Kreisler, geb. 1922, lebt als Schriftsteller in Basel.
Franz Xaver Kroetz, geb. 1946, lebt als Schriftsteller auf Teneriffa.
Manfred Krug, geb. 1937, lebt als Schauspieler und Schriftsteller in Berlin.

Michael Krüger, geb. 1943, lebt als Schriftsteller und Verleger in München.
Max Kruse, geb. 1921, lebt als Schriftsteller in Penzberg.
James Krüss, 1926–1997, lebte als Schriftsteller auf Gran Canaria.
Jürgen Kuczynski, 1914–1997, lebte als Schriftsteller und Professor in Berlin.
Günter Kunert, geb. 1929, lebt als Schriftsteller in Kaisborstel.
Reiner Kunze, geb. 1933, lebt als Schriftsteller in Erlau bei Passau.
Peter Kurzeck, geb. 1943, lebt als Schriftsteller in Frankreich.

Jürg Laederach, geb. 1945, lebt als Schriftsteller in Basel.
Hartmut Lange, geb. 1937, lebt als Schriftsteller in Berlin.
Dieter Lattmann, geb. 1926, lebt als Schriftsteller in München.
Richard Leising, 1934–1997, lebte als Schriftsteller in Berlin.
Reinhardt Lettau, 1929–1996, lebte als Schriftsteller und Professor in den USA und Berlin.
György Ligeti, geb. 1923, lebt als Komponist und Professor in Hamburg. Mit freundlicher Genehmigung des Verlages Schott Musik International, Mainz.
Jakov Lind, geb. 1927, lebt als Schriftsteller in London.
Jürgen Lodemann, geb. 1936, lebt als Schriftsteller in Baden-Baden.
Loriot (Vicco von Bülow), geb. 1923, lebt als Künstler in Ammerland.

Paul Maar, geb. 1937, lebt als Schriftsteller und Zeichner in Bamberg.
Peter Maiwald, geb. 1946, lebt als Schriftsteller in Düsseldorf.
Elsemarie Maletzke, geb. 1947, lebt als Schriftstellerin in Frankfurt am Main.
Golo Mann, 1919–1994, lebte als Schriftsteller und Professor in Kilchberg am Zürichsee.
Monika Maron, geb. 1941, lebt als Schriftstellerin in Berlin.
Kurt Marti, geb. 1921, lebt als Schriftsteller in Bern in der Schweiz.
Friederike Mayröcker, geb. 1924, lebt als Schriftstellerin in Wien.
Christoph Meckel, geb. 1935, lebt als Schriftsteller in Remuzat in Frankreich.
Johannes Merkel, geb. 1942, lebt als Erzähler und Professor in Bremen.
Karl Mickel, 1935–2000, lebte als Schriftsteller und Professor in Berlin.
Klaus Modick, geb. 1951, lebt als Schriftsteller in Oldenburg.
Libuše Moníková, 1945–1998, lebte als Schriftstellerin in Berlin.
Walter Moers, geb. 1957, lebt als Schriftsteller und Zeichner in Hamburg.

Erwin Moser, geb. 1954, lebt als Zeichner und Schriftsteller in Wien.
Herta Müller, geb. 1953, lebt als Schriftstellerin in Hamburg.

Péter Nádas, geb. 1942, lebt als Schriftsteller in Gombosszeg/Ungarn.
Sten Nadolny, geb. 1942, lebt als Schriftsteller in Berlin.
Cees Nooteboom, geb. 1933, lebt als Schriftsteller in Amsterdam und Berlin.
Christine Nöstlinger, geb. 1936, lebt als Schriftstellerin in Wien.

Leonie Ossowski, geb. 1925, lebt als Schriftstellerin in Berlin.

Paul Parin, geb. 1919, lebt als Psychoanalytiker und Schriftsteller in Zürich.
Oskar Pastior, geb. 1927, lebt als Schriftsteller in Berlin.
Gudrun Pausewang, geb. 1928, lebt als Schriftstellerin in Schlitz.
A. R. Penck, geb. 1939, lebt als Künstler und Professor in Berlin, Düsseldorf und Irland.
Bernd Pfarr, geb. 1959, lebt als Zeichner und Erzähler in Frankfurt am Main.
Klaus Pierwoß, geb. 1942, lebt als Generalintendant des Bremer Theaters in Bremen.
Heinz Piontek, geb. 1925, lebt als Schriftsteller in München.
Robert HP Platz, geb. 1951, lebt als Komponist in Köln.
Elisabeth Plessen, geb. 1944, lebt als Schriftstellerin in Ponte del Giglio in Italien.
Chlodwig Poth, geb. 1930, lebt als Zeichner und Schriftsteller in Berlin.
Johannes Poethen, geb. 1928, lebt als Schriftsteller in Stuttgart und Griechenland.
Will Quadflieg, geb. 1914, lebt als Schauspieler in Heilshorn bei Bremen.

Hilke Raddatz, geb. 1941, lebt als Zeichnerin und Erzählerin in Frankfurt am Main.
Rattelschneck lebt in Hamburg.
Jan Philipp Reemtsma, geb. 1952, lebt als Schriftsteller und Professor in Hamburg.
Christa Reinig, geb. 1926, lebt als Schriftstellerin in München.
Gerlind Reinshagen, geb. 1926, lebt als Schriftstellerin in Berlin.
Gregor von Rezzori, 1914–1998, lebte als Schriftsteller in Donnini in Italien.

Gerhard Richter, geb. 1932, lebt als Künstler in Köln.
Hans Werner Richter, 1908–1993, lebte als Schriftsteller in München.
Luise Rinser, geb. 1911, lebt als Schriftstellerin in Rom.
Herbert Rosendorfer, geb. 1934, lebt als Schriftsteller und Amtsrichter i. R. in Girlan in Italien.
Gerhard Roth, geb. 1942, lebt als Schriftsteller in Wien.
Harry Rowohlt, geb. 1945, lebt als Übersetzer, Kolumnist und Schauspieler in Hamburg.

Joachim Sartorius, geb. 1946, lebt als Schriftsteller in Berlin.
Hans-Joachim Schädlich, geb. 1935, lebt als Schriftsteller in Berlin.
Asta Scheib, geb. 1939, lebt als Schriftstellerin in München.
Otto Schily, geb. 1932, lebt als Bundesminister des Inneren in Berlin.
Dieter Schlesak, geb. 1934, lebt als Schriftsteller in Camaiore in Italien.
Peter Schneider, geb. 1940, lebt als Schriftsteller in Berlin.
Rolf Schneider, geb. 1932, lebt als Schriftsteller in Schöneiche bei Berlin.
Angelika Schrobsdorff, geb. 1927, lebt als Schriftstellerin in Jerusalem.
Emil Schumacher, 1912–1999, lebte als Künstler und Professor in Hagen.
Helga Schütz, geb. 1937, lebt als Schriftstellerin und Regisseurin in Potsdam.
Stefan Schütz u. *Uta Schütz-Birnbaum*, geb. 1944, leben als Schriftsteller und Regisseurin in Oldenburg/Holstein.
W. G. Sebald, geb. 1944, lebt als Schriftsteller in Norfolk in Großbritannien.
Rafael Seligmann, geb. 1947, lebt als Schriftsteller in Berlin.
Johannes Mario Simmel, geb. 1924, lebt als Schriftsteller in Zug in der Schweiz.
Angela Sommer-Bodenburg, geb. 1948, lebt als Schriftstellerin in Santa Monica in Kalifornien, USA.
Michael Sowa, geb. 1945, lebt als Künstler in Berlin.
Tilman Spengler, geb. 1942, lebt als Schriftsteller in Berlin.
Daniel Spoerri, geb. 1930, lebt als Künstler in der Toscana.
Wolfgang Stein, geb. 1955, lebt als Karikaturist in Berlin.
Erwin Strittmatter, 1912–1994, lebte als Schriftsteller in Schulzenhof bei Dollgow.
Dieter Stündel lebt als Übersetzer und Dozent in Gießen.
Andrzej Szczypiorski, 1924–2000, lebte als Schriftsteller in Warschau.

George Tabori, geb. 1914, lebt als Schriftsteller, Regisseur und Schauspieler in Berlin.
Uwe Timm, geb. 1940, lebt als Schriftsteller in München.
Aleksandar Tišma, geb. 1924, lebt als Schriftsteller in Novi Sad in Jugoslawien.
Peter Turrini, geb. 1944, lebt als Schriftsteller in Wien.

Tomi Ungerer, geb. 1931, lebt als Zeichner und Erzähler in Goleen-Cork in Irland.

Guntram Vesper, geb. 1941, lebt als Schriftsteller in Göttingen.

Otto Waalkes, geb. 1948, lebt als Zeichner und Komiker in Hamburg.
Friedrich Karl Waechter, geb. 1937, lebt als Zeichner und Erzähler in Frankfurt am Main.
Günter Wallraff, geb. 1942, lebt als Schriftsteller in Köln.
Fred Wander, geb. 1917, lebt als Schriftsteller in Wien.
Dieter Wellershoff, geb. 1925, lebt als Schriftsteller in Köln.
Renate Welsh, geb. 1937, lebt als Schriftstellerin in Wien.
Wim Wenders, geb. 1945, ist Filmregisseur. Er drehte u. a. die Filme »Der Himmel über Berlin«, »Paris, Texas« und »The Million Dollar Hotel«.
Ruth Werner, geb. 1907–2000, lebte als Schriftstellerin in Berlin.
Joseph von Westphalen, geb. 1945, lebt als Schriftsteller in München.
Urs Widmer, geb. 1937, lebt als Schriftsteller in Zürich.
Oswald Wiener, geb. 1935, lebt als Schriftsteller und Professor in Düsseldorf und Kanada.
Simon Wiesenthal, geb. 1909, lebt als Schriftsteller und Leiter des Dokumentationszentrums des Bundes Jüdischer Verfolgter des Naziregimes in Wien.
Roger Willemsen, geb. 1956, lebt als Publizist in Hamburg.
Gabriele Wohmann, geb. 1932, lebt als Schriftstellerin in Darmstadt.
Christa Wolf, geb. 1929, lebt als Schriftstellerin in Berlin.
Gerhard Wolf, geb. 1928, lebt als Schriftsteller in Berlin.
Ror Wolf, geb. 1932, lebt als Schriftsteller in Mainz.
Hans Wollschläger, geb. 1935, lebt als Schriftsteller und Übersetzer in Königsberg.
Wolf Wondratschek, geb. 1943, lebt als Schriftsteller in München.
Freimut Wössner, geb. 1945, lebt als Karikaturist in Berlin.
Paul Wühr, geb. 1927, lebt als Schriftsteller in Passignano in Italien.

Peter Zadek, geb. 1927, lebt als Theaterregisseur und Schriftsteller in Ponte del Giglio in Italien.
Peter Paul Zahl, geb. 1944, lebt als Schriftsteller auf Jamaica.
Gerald Zschorsch, geb. 1951, lebt als Schriftsteller in Frankfurt am Main.
Gerhard Zwerenz, geb. 1925, lebt als Schriftsteller in Schmitten.

Schriftsteller, Künstler und Komponisten aus der Schülerzeitschrift ›Das Nashorn‹ Nr. 1–52, 1986–2001

Friedrich Achleitner – Herbert Achternbusch – Mario Adorf – Ilse Aichinger – Jürgen Alberts – Matthias Altenburg – Bernd Altenstein – Carl Améry – Horst Antes – Arnfried Astel – Ernst Augustin

Georg Baselitz – Jurek Becker – Uli Becker – Louis Begley – Barbara von Bellingen – Hans Bender – Ulla Berkéwicz – F. W. Bernstein – Günter Bialas – Peter Bichsel – Wolf Biermann – Maxim Biller – Walter Boehlich – Susanne Bollenhagen – Elisabeth Borchers – Simone Borowiak – Hans Jürgen von Bose – Alois Brandstetter – Thomas Brasch – Volker Braun – Alfred Brendel – Brösel – Günter de Bruyn – Hans Christoph Buch – Werner Büttner

Campino – Heinz von Cramer – Heinz Czechowski – Elfriede Czurda

Martin R. Dean – Friedrich Christian Delius – Karlheinz Deschner – Hilde Domin – Marion Gräfin Dönhoff – Milo Dor – Albert Drach – Felix Droese – Wiglaf Droste – John von Düffel – Karen Duve

Hella Eckert – Axel Eggebrecht – Ernst Eggimann – Bernd Eilert – Ernst A. Ekker – Michael Ende – Adolf Endler – Ria Endres – Bernt Engelmann – Christian Enzensberger – Hans Magnus Enzensberger – Elke Erb – Siegrid Ernst – Volker Ernsting

Dieter Forte – Fritz Rudolf Fries – Barbara Frischmuth – Walter Helmut Fritz – Benno Fruchtmann – Karl Fruchtmann

Christian Geissler – Wilhelm Genazino – Robert Gernhardt – Elfriede Gerstl – Mario Giordano – Ralph Giordano – Detlev Glanert – Vinko

Globokar – Albrecht Goes – Berthold Goldschmidt – Georges-Arthur Goldschmidt – Max Goldt – Eugen Gomringer – Fritz Graßhoff – Achim Greser – Karl Heinrich Greune – Jörg W. Gronius – Max von der Grün – Durs Grünbein

Erich Hackl – Peter Hacks – Bert Haffke – Peter Michael Hamel – Heinrich Hannover – Ludwig Harig – Geno Hartlaub – Peter Härtling – Lukas Hartmann – Thomas Hartmann – Elke Heidenreich – Gert Heidenreich – Christoph Hein – E. W. Heine – Helme Heine – Hans Jürgen Heise – Helmut Heißenbüttel – Eugen Helmlé – Eckhard Henscheid – Kerstin Hensel – Henky Hentschel – Hans Werner Henze – Günter Herburger – Ernst Herhaus – Hans Joachim Hespos – Detlef Heusinger – Stefan Heym – Edgar Hilsenrath – Antonius Höckelmann – Bogdan Hoffmann – Franz Hohler – Walter Höllerer – Karlheinz Holliger – Adriana Hölszky – Gottfried Honegger – Nikolaus A. Huber

Otto Jägersberg – Karl-Heinz Jakobs – Ernst Jandl – Janosch – Elfriede Jelinek – Zoë Jenny – Hanna Johansen – Rolf Julius – Ernst Jünger

Mauricio Kagel – Heinz Kahlau – Yaak Karsunke – Hans Keilson – Hermann Kesten – Hans Werner Kettenbach – Wilhelm Killmayer – Per Kirkeby – Reiner Kirsch – Sarah Kirsch – Wulf Kirsten – Ephraim Kishon – Ruth Klüger – Sybille Knaus – IMI Knoebel – Peter Knorr – Alison Knowles – Erwin Koch-Raphael – Wolfgang Koeppen – Michael Köhlmeier – Pavel Kohout – Uwe Kolbe – Barbara König – Lew Kopelew – Gerhard Köpf – Klaus Kordon – Irina Korschunow – Ursula Krechel – Georg Kreisler – Ferdinand Kriwet – Franz Xaver Kroetz – Brigitte Kronauer – Manfred Krug – Michael Krüger – Max Kruse – James Krüss – Jürgen Kuczynski – Dieter Kühn – Johannes Kühn – Michael Kumpfmüller – Günter Kunert – Reiner Kunze – Peter Kurzeck

Helmut Lachenmann – Jürg Laederach – Hartmut Lange – Dieter Lattmann – Richard Leising – Hermann Lenz – Reinhard Lettau – György Ligeti – Jakov Lind – Jürgen Lodemann – Erich Loest – Hugo Loetscher – Loriot – Ilse Losa – Markus Lüpertz

Paul Maar – Peter Maiwald – Elsemarie Maletzke – Peter Malinski – Golo Mann – Monika Maron – Kurt Marti – Kurt Mautz – Friederike Mayröcker – Angelika Mechtel – Christoph Meckel – Johannes Merkel –

Klaus Merz – Karl Mickel – Klaus Modick – Walter Moers – Franz Mon – Libuše Moníková – Johanna Moosdorf – Petra Morsbach – Erwin Moser – Slawomir Mrozek – Herta Müller – Adolf Muschg

Péter Nádas – Sten Nadolny – Hartmut Neumann – Max Neumann – Hermann Nitsch – Christine Nöstlinger – Cees Nooteboom

Albert Oehlen – Andreas Okopenko – Georg Martin Oswald – Leonie Ossowski – Jens Peter Ostendorf – Hans Otte – Waldemar Otto

Paul Parin – Oskar Pastior – Gudrun Pausewang – A. R. Penck – Walter Petry – Bernd Pfarr – Herbert Pfeiffer – Heinz Piontek – Robert HP Platz – Ulrich Plenzdorf – Elisabeth Plessen – Johannes Poethen – Matthias Politycki – Chlodwig Poth – Otfried Preußler – Iva Prochazkova

Will Quadflieg

Hilke Raddatz – Norbert Radermacher – Arnulf Rainer – Christoph Ransmayr – Uwe Rasch – Rattelschneck – Bernd Rauschenbach – Jan Philipp Reemtsma – Ruth Rehmann – Marcel Reich-Ranicki – Christa Reinig – Gerlind Reinshagen – Margret Rettich – Gregor von Rezzori – Hans Werner Richter – Gerhard Richter – Wolfgang Rihm – Luise Rinser – Klaus Roehler – Michael Roes – Herbert Rosendorfer – Dieter Roth – Friederike Roth – Gerhard Roth – Patrick Roth – Harry Rowohlt – Gerhard Rühm – Reiner Ruthenbeck

Andreas Salm – Joachim Sartorius – Hans Joachim Schädlich – Asta Scheib – Johannes Schenk – Reinhard Schimmelpfeng – Einar Schleef – Dieter Schlesak – Heinrich Schmidt-Barrien – Wolfgang Schmitz – Dieter Schnebel – Peter Schneider – Rolf Schneider – Angelika Schrobsdorff – Bernhard Schultze – Emil Schumacher – Helga Schütz – Stefan Schütz – Uta Schütz-Birnbaum – Norbert Schwontkowski – W. G. Sebald – Rafael Seligmann – Gerhard Seyfried – Joachim Seyppel – Johannes Mario Simmel – Curt Siodmak – Angela Sommer-Bodenburg – Michael Sowa – Gerold Späth – Tilmann Spengler – Daniel Spoerri – Wolfgang Stein – Jörg Steiner – Botho Strauß – Erwin Strittmatter – Dieter H. Stündel – Hermann Stuzmann – Patrick Süskind – Andrzej Sczcypiorski

George Tabori – Yoko Tawada – Jürgen Theobaldy – Uwe Timm – Aleksandar Tišma – Hans Traxler – Hann Trier – Rosemarie Trockel – Oliver Trötschel – Peter Turrini

Tomi Ungerer

Guntram Vesper

Otto Waalkes – Friedrich Karl Waechter – Stanley Walden – Jürgen Waller – Günter Wallraff – Fred Wander – Dieter Wellershoff – Renate Welsh – Wim Wenders – Ruth Werner – Joseph von Westphalen – Urs Widmer – Oswald Wiener – Simon Wiesenthal – Michael Wildenhain – Roger Willemsen – Freimut Woessner – Gabriele Wohmann – Christa Wolf – Gerhard Wolf – Ror Wolf – Hans Wollschläger – Wolf Wondratschek – Paul Wühr

Peter Zadek – Peter Paul Zahl – Remy Zaugg – Friedrich Ch. Zauner – Hans Zender – Walter Zimmermann – Annemarie Zornack – Gerald Zschorsch – Gerhard Zwerenz

Die Schüler der Nashorn-Klasse:

Sardela Ahmetovic, Nükhet Akciger, Melek Akzu, Amin Alsaggar, Gert Baden, Timo Becker, Fitri Bölter, Danica Feldmann, Insa Garbers, Juanita Godoy, Jan Köckemann, Tobias Krüger, Jennifer Lebel, Rüdiger Matthey, Kerrin Müggenburg, Nadine Niemann, Kim Reitenbach, Janine Sagemann, Alexandra Scheidweiler, Dennis Schiller, Stefanie Schneider, Sven Schumm, Steven Thelecker, Janine Vogt, Michael Walter, Kai-Lena Wargalla, Verena Widdermann, Daniel Wode

Die Bremer Nashorn-Schüler im September 1994 während ihres Streiks auf dem besetzten Gelände der Schule Hermannsburg, auf dem später die von ihnen erkämpften Klassen-Neubauten errichtet wurden.